JN318846

想いの子猫

御堂なな子

幻冬舎ルチル文庫

CONTENTS ✦目次✦

片想いの子猫

✦カバーデザイン＝久保宏夏(omochi design)
✦ブックデザイン＝まるか工房

イラスト・六芦かえで✦

片想いの子猫

1

千里《ちさと》は猛然と自転車のペダルを漕《こ》いでいた。一七〇センチに僅《わず》かに足りない小柄な体を、思い切り前傾姿勢にして、絶え間なく足を動かし続ける。千里のまっすぐな性格そのものの黒い髪に、そして、汗を吸った制服の胸に、びゅんびゅんと向かい風が吹き付けている。

「昴《すばる》、待ってて、すぐに行くから――」

通い慣れた通学路の風景が、瞬《またた》く間に千里の後ろ側へと流れていく。千里には、今どうしても会いたい人がいた。明日海外へ旅立ってしまう、親友の昴。昴に大切なことを告げたくて、息を切らしながら自転車を走らせている。

「昴……っ、俺、俺はずっと、昴のことが、好きだったんだ」

混じり気のない、たった一つの想《おも》いを抱《いだ》いて、千里はハンドルを強く握り締めた。いくつも交差点を通り過ぎ、点滅する青信号を見つめながら、いっそうスピードを上げる。

広い十字路を横断しようとした千里を、突然、左折して来た大きな車の影が覆った。

「危ない！　止まれ！」

「キャアアア――！」

近くを歩いていた人たちの悲鳴と、耳を劈《つんざ》くような車のブレーキ音。逃げる余裕もなく、千里の体を一瞬の衝撃が襲い、自転車ごと宙に吹き飛ばされる。

自分に何が起こったのか分からなかった。ぐるりと一回転した青い空と、グレーのアスファルトが、千里の視界に焼き付く。タイヤもサドルもひしゃげた自転車が、おもちゃのように転がり、千里の体も地面に激しく叩《たた》き付けられた。

「事故だ！　ダンプと男の子が衝突したぞ！」

「だ…っ、誰か、救急車！　おい君、しっかりしろ！」

ぴくりとも動かない千里の耳に、たくさんの人の怒号が聞こえる。体の感覚がなくなるほど重傷なのか、痛みもなければ、恐怖もない。自分の体の下に広がる、生暖かい血の感触で、ぼやけていた意識が僅かに鮮明になった。

（死ぬ、のかな）

地面に倒れて、九十度傾いた視界が、霧のようにだんだん霞《かす》んでいく。交差点を渡り切れば、もう少しで昴の家に着いたのに、交通事故に遭うなんて不運だ。

（こんなところで、死ぬくらいなら、我慢なんかしないで、昴に好きだって、言えばよかった）

冷たくなっていく千里の体を、後悔の念が包み込む。嫌だ。死にたくない。昴にもう一度だけ会いたい。

（俺の体、動け……っ。昴のところまで、神様、俺を行かせてください）

すると、もういくらも見えない千里の視界に、横断歩道を横切る、とても小さい何かが映った。

宝石のように光る青い目をした、野良の子猫。人間の世界の事故なんか関係ないと言いたげに、ふるん、ふるん、と尻尾《しっぽ》を振っている子猫の姿が、気を失う前に千里が見た、最後のものだった。


人は死ぬ時、それまでの人生が走馬灯《そうまとう》のように見えるというのは、どうやら本当らしい。

ダンプカーとの衝突事故に遭う一年以上前、高校二年生だった緒川《おがわ》千里は、愛用の一眼レフカメラを両手で構えて、ファインダーの向こうのサッカーグラウンドを見つめていた。

二度とない一瞬の世界を切り取る、カメラのシャッター音が好きだ。放課後の部活の時間、千里は写真部の仲間たちと、学校の内外でいつも撮影をしている。千里が毎日欠かさずレンズを向ける被写体は、サッカー部の部長で同じクラスの友達、羽野《はの》昴だった。

「昴、前、前！　そのまま突っ切れ！」

「キーパー出てんぞ！　ミドル狙《ねら》え！」

グラウンドを縦横に駆けるサッカー部員たちは、秋の新人戦に向けて熱心な練習の最中だ。

蛍光イエローのベストのようなビブスを着て、昴は全速力でゴールへ向かっている。

彼の背番号は10番。小学生の頃からボールを蹴《け》っている彼は、鶯凛《おうりん》高校サッカー部きってのエースストライカーだ。

「行っけー、昴先輩！　シュート！」

一年生部員たちが喚声を上げる中、千里は呼吸を止めて、夢中でカメラのシャッターを連射した。

後ろへ高く振り上げた昴の左足が、ザシュッ、と摩擦音を立てて、ボールを蹴り込む。グラウンドの喧騒《けんそう》に煽《あお》られたように、どきん、どきん、千里の心臓がうるさい。ファインダーのずっと向こうで、キーパーが反応できない速さで放たれたシュートは、無回転でゴールネットに突き刺さった。

「ナイスゴール――！」

「昴、やったな！」

ビブスを着けたチームのみんなが、昴の周りに集まって、彼のことを讃《たた》えた。肩を叩かれ、ぎゅうぎゅう抱き締められて、もみくちゃになっている。

一八〇センチ弱の長身の昴は、みんなよりも目立っていて、日に焼けた精悍《せいかん》な顔に、少し癖のある茶色の髪がよく似合っていた。サッカーが得意なだけでなく、昴は成績も優秀で、クラスや学年を問わずヒーロー扱いされている人気者だ。

千里は昴から一番遠い場所で、シャッターを切り続けながら、切ないような、不思議な気持ちを抱いていた。昴がシュートを決めたのが嬉《うれ》しいのに、みんなに祝福されている彼の姿を見ていると、胸の奥のどこかがざわついてくる。カメラに触れていないと落ち着かない。

「千里……っ、今の撮れてた⁉」

部員たちの輪が解《ほど》けると、不意に、昴が千里の方を向いた。千里はカメラを構えたまま、親指を立てた右手を彼へと突き出した。

「ちゃんと撮ったよ。ナイスシュート！」

昴が弾《はじ》けるような笑顔を浮かべて、同じように右手の親指を立てる。彼のその顔を見ていると、千里の胸の奥のざわめきはいっそう激しくなって、ファインダーの狙いがずれる。他の友達には感じたことのない、昴にだけ、どきんどきんと反応する鼓動に、千里はいつも戸惑っていた。

千里が初めて昴の写真を撮ったのは、入学してまだ間もない頃。たまたまグラウンドを通りかかって、先輩たちに交じってシュート練習をしていた彼を見た瞬間、興奮した。長い足が繰り出すキックの勢いと、綺麗《きれい》な筋肉の動き、ゴールを見つめる真剣な目。その全部に引き込まれて、気が付けば昴にカメラを向けていた。

『おい、そこに立ってるとボールが飛んできて危ないぞ』

『あ…っ、うん。ごめん。写真部なんだけど、撮ってもいい？』

『かっこいい写真なら許す。あれ、同じクラスの奴じゃん。緒川だったっけ？』

『名前――知っててくれたんだ』

『俺、人の名前と顔覚えんの得意なの。俺は』

『知ってる。教室の廊下側の前から三番目の席の、羽野昴くん、だよね』

『うん。「昴」でいいよ』

『じゃあ、俺のことも「千里」でいいよ』

その時以来、何となく昴と言葉を交わすようになって、クラスでも一緒につるんで行動することが多くなった。今は、高校で出会った友達の中で、一番親しい間柄だ。

「おーい、緒川ー、たまには俺たちのことも撮れよなー」

「ちゃんと撮ってるよー。みんなもっと走れー」

「うっせー。ド素人《しろうと》のくせにー」

「緒川くんもたまには練習に参加してみないか？　サッカーが好きなんだろう？」

「先生――。でも、一緒にサッカーをしたら、昴たちのことを撮れなくなるから」

昴と友達になってから、毎日のようにグラウンドに立ち寄る千里のことを、サッカー部の顧問の先生や他の部員たちも歓迎してくれている。それでも、部外者の自分がグラウンドに入ってはいけない気がして、千里は一度も昴と一緒にサッカーをしたことはなかった。

この日のゲーム形式の練習は、次第に熱を帯びて、接近戦でボールを奪い合う展開になっていた。長身の昴が何人ものディフェンダーを躱《かわ》していく姿は圧巻だ。激しく体をぶつけ、足元をけずり合い、そして地面に転んでは、また立ち上がる。

迫力のある練習風景を、飽きることなく撮影していると、ふと千里はレンズのズームを変えていた手を止めた。

「昴……？」

ファインダー越しの昴の様子が、少しおかしい。さっきのゴールを決める前と比べて、ダッシュのスピードが遅いし、走るフォームも変だ。

いつも彼の写真を撮っている千里には分かる。昴は軸足の右足を庇《かば》っているような、ぎこちない走り方をしている。千里の他には、部員も顧問の先生も、誰もそのことに気付いていない。

「あの…っ、先生！　昴が変です」

「え？」

「あいつ、右足を痛めたんじゃ――」

千里の近くで、メガホンを持って練習の指示を出していた先生は、ピピピーッ、と慌てて笛を吹いた。ボールを追っていた部員たちが、不思議そうな顔をして足を止める。すると、昴は右膝《ひざ》をがくがくと不自然に震わせて、その場に倒れ込んだ。

「昴！」

騒然とするグラウンドの中を、先生と部員たちが昴へ向かって駆け寄っていく。千里は何もできずに、足元に引かれた白いタッチラインの外側で、倒れたまま動かない昴のことを見つめていた。

膝にアイシングのサポーターを巻かれて、みんなに抱え上げられながらグラウンドを出て行った昴は、翌日、松葉杖《まつばづえ》をついて学校にやって来た。病院で診察を受けた結果は、右膝側《そく》副靭帯《ふくじんたい》の損傷。手術とリハビリが必要で、完治には数ヶ月かかるらしい。

「――千里。新人戦、出られなくなっちゃった」

昨日までユニフォームを着ていたのに、制服姿で部活を見学しながら、昴は淡々と呟《つぶや》いた。彼にどんな言葉をかけたらいいのか分からない。カメラを構える気持ちには到底なれずに、千里はエースストライカーの痛々しい右膝から、目を逸《そ》らすことしかできなかった。

「そんな泣きそうな顔するなよ、千里」

「だって……、昨日まであんなに走れたのに、嘘《うそ》だろ？　こんなことって……」

「何年もサッカーやってれば、ケガなんか珍しくない。千里のおかげで、靭帯が切れずに済んだんだぞ」

「――え？」

「昨日あのまま部活を続けてたら、完全に断裂して、もしかしたら骨折をしたかもしれないって、病院の先生が言ってた。誰よりも早く千里が気付いて、練習を止めてくれたから、俺はまだサッカーを続けられる」

大ケガをしたのに、昴は少しもしょげていなかった。こんな時に笑っていられる彼は、とても強い人だ。

「絶対に治すよ、俺。ちゃんとリハビリして、秋の新人戦は無理でも、来年の春の公式戦には、絶対に間に合わせる。だからさ、千里のカメラで、また写真撮ってよ。俺のかっこいいシュートシーン」

「昴」

千里は眩《まぶ》しいものを見るように、昴に向けていた瞳を細めた。サッカーが大好きな彼が、もう一度シュートを放つ姿を写真に撮りたい。胸の奥から湧《わ》き上がってくる衝動のまま、千里は頷《うなず》いた。

「うん、また昴のこと撮らせて。絶対に膝を治せよ。約束だ」

男どうしで指切りをするのは変だから、拳《こぶし》と拳をこつんとぶつけるつもりで、千里は右手を差し出した。すると、昴は松葉杖を片手に持ち換えて、千里の右手を、ぐいっと強く引っ張った。

「うわ…っ」

予想外の力で抱き寄せられて、面食らう。気が付いたらもう、昴の制服の胸が、千里の目の前にあった。

「ちょっ、膝に響くよ――?」

「大丈夫だって、これくらい。千里は俺の膝の恩人だから。お礼と約束のハグしてやる」

「何だよ、それ。恥ずかしいって。ケガ人らしくおとなしくしてろよな」

照れて嫌がる千里を、昴は力強く抱き締めて、髪の毛をぐしゃぐしゃに撫《な》でている。千里は不意に、昴がシュートを決めた後、部員たちと必ずこうしてハグをしていたことを思い出した。

(まるで、グラウンドの中にいるみたい。昴の心臓の音が、こんなに近くに聞こえる)

昴の鼓動に呼応するように、千里の胸も、とくんと鳴った。いつも写真を撮るたび思っていた。自分はグラウンドの中に入ってはいけない、と。でもそれは、部員のみんなと同じように、昴のことを近くで感じたい気持ちの、裏返しだったのかもしれない。

(昴の手、大きいんだ。髪の毛くすぐったい。あ…、胸のとくとくが速くなってきた。この音、ずっと聞いていたい……)

その鼓動は、昴のものだったのか、自分のものだったのか、混じり合っていてもう分からない。ぎゅ、と昴のシャツの背中を握り締めたその時、千里の中で、甘酸っぱい想いが膨らんだ。

(昴のこと、好きだ)

普通の友達なら、抱き締められてこんなに嬉しかったり、心臓が痛いほど鳴ったりしない。

毎日グラウンドに通って、何百枚も何千枚も写真を撮ったりしない。この気持ちにつける名前を、一つしか思いつかない。

「おーい、何してんだお前ら、キモイぞー」

「昴、いちゃついてないでちゃんと休養しろー」

部員たちの声に、はっと我に返って、千里は昴から離れた。髪の先にはまだ、昴の指と掌《てのひら》の感触が残っている。

「あ。逃げられた」

くす、と残念そうに微笑《ほほえ》んだ昴とは反対に、千里は顔を真っ赤にした。

「に…逃げるよ、そりゃ。俺はサッカー部じゃないんだから、みんなが見てるところで、こういうの、やめろよな」

取り繕うように嘘をついて、赤い頬のままそっぽを向く。

本当はやめてほしくなかった。昴の心臓の音を聞いていたかった。

(俺はこれからずっと、昴に嘘をついていなきゃいけないのかな)

グラウンドに伸びる白いタッチラインのように、越えてはいけない線を、千里は踏み越えてしまった。昴に抱いた想いは、友達の『好き』じゃない。

今までは気になる女の子がいても、淡い想いだけで、恋の自覚なんてなかった。ずっと友達だと思っていた昴を好きになって、これから先はどうしたらいいか、何も分からない。こんなに簡単に、男の自分が男の昴を好きになるなんて、思ってもいなかった。

「俺、今から病院に行くんだけど、千里はまだ部活？」

「あ…っ、ううん。病院まで送るよ。歩くのつらいだろ？　俺の自転車の後ろに乗って。押して行ってあげる」

「千里いい奴。ありがとう」

くしゃっ、とまた昴に髪を撫でられて、息が止まりそうになった。それを彼に悟られないように、彼が撫でるのをやめるまで、何でもないふりをした。

この想いを一言でも口にしたら、きっと壊れる。昴と友達でいられなくなる。昴に気持ち悪がられて、嫌われてしまうよりは、嘘をついてでも今のままでいる方がよかった。

右膝を痛めて数ヶ月、三年生に進級した春に、靭帯の手術とリハビリを乗り越えた昴は、グラウンドへ復帰した。エースストライカーのポジションに戻った彼を、千里はたくさん写真に撮った。

写真部の三年生は、卒業アルバムのスナップ写真を載せるページを担当することになっている。春は運動部はどこも公式戦のシーズンで、千里は写真部の仲間と、カメラを手に各部の大会を回った。

鶯凜高校サッカー部は東京都大会を勝ち進み、ベスト8の成績を収めた。大ケガを克服し、高校最後の試合でゴールを決めた昴。シャッターを切る指先が震えるほど興奮したのを、大会が終わって昴がサッカー部を引退してからも、千里は忘れなかった。

受験勉強と塾通いで潰《つぶ》れた夏休み。クラスでカフェの模擬店を出した文化祭。正月の初詣《はつもうで》には、二人の大学合格を祈って、一緒に絵馬を奉納した。ずっと、ずっと、千里は昴のそばにいた。友達以上の親友として、そばにいるのが当たり前のようになっていた。

「千里、第一志望合格おめでとう。俺もほっとしたよ」

「ありがと。ちょっと自信なかったけど、何とか受かった。よかったー」

卒業式が十日後に迫った、三学期の終わり。久しぶりの登校日で、クラスのみんなと過ごした千里は、昴と二人で下校していた。

自転車を押して歩きながら、千里が頭の中で考えていたのは、もうすぐ昴と離れてしまうということだけだった。卒業式が済んだら、昴はアメリカに行く。父親の転勤に合わせて、彼は三月いっぱいでこの街を離れ、ボストンの大学に進むことになったのだ。

「引っ越しの準備、もう終わった？」

「――うん。後はスーツケースに、身の回りのものと着替えを入れるだけ」

「そう…。すごいな、昴は。アメリカでスポーツドクターになる勉強をするなんて。東大に行くより難しそう」

「向こうはそういう分野の研究が進んでるからな。膝をケガしてなかったら、多分別の進路を考えてたと思う。俺の膝を治してくれた先生みたいに、俺もスポーツをやってる人たちを助ける仕事がしたいんだ」

昴らしい、大きな夢を語る彼の瞳が、きらきら輝いている。千里はその瞳を、泣き出したい思いで見つめていた。

（もうすぐ、昴と会えなくなる）

昴と一緒に下校する時は、決まって立ち寄っていた、二人の家の中間地点にある小さな公園。並んで腰かけたベンチに、春風というにはまだ肌寒い、三月の風が吹き付けている。千里が被《かぶ》り続けている親友の仮面にも、容赦なく。

（昴のことが、好きだって、言いたい。でも、我慢するんだ。嫌われて、昴と親友でいられなくなるのは、怖いから）

昴との別れが目の前に迫った今だって、仮面が剥《は》がれることを怖がっている。ベンチの間に置いた、ペットボトル二本分の距離を縮められない。

千里が黙り込んでいると、どこからやって来たのか、野良猫がとことこと足元に近寄ってきた。まだ生まれてそれほど経《た》っていない、三毛猫の子猫だ。脅かさないようにベンチの周りをそっと窺《うかが》っても、母親らしい猫はいない。

「ちっちゃ。捨て猫かな。あんまり人間を怖がらないね」

「腹がへってるのかも。——お前が食べられそうなもの、何かあったかな」

昴は通学鞄《かばん》の中を探ると、学校で女子にもらったお菓子を取り出した。それをほんの少しだけ、ペットボトルの水でふやかしてから、子猫に差し出す。

「ほら」

昴の掌の上で、お菓子は人肌に温められていた。くんくん、流動食のようなそれの匂《にお》いを嗅《か》いでから、子猫は小さい舌で舐《な》め始めた。あっという間に全部食べて、みぃ、と催促の一鳴きをする。

「うまいか？　これは人間の食べ物だから、あとちょっとだけにしとこうな」

昴はおかわりのお菓子を食べさせると、長い腕を伸ばして、子猫の頭を撫でた。警戒心もなく、きょとん、と青い瞳でこっちを見上げている姿がかわいい。

「めちゃくちゃ毛が柔らかい。かわいいな、お前」

「昴、世話の仕方がうまいね」

「うん。昔、うちでも猫を飼ってたことがあるんだ。サクラっていう名前で、こいつみたいな白黒茶の三毛猫だったよ」

昴は嬉しそうに、子猫を撫で続けた。小さな動物に、優しい触れ方をする彼のことを見ていると、千里の頭もむずむずしてくる。

（猫がごろごろ言ってる。俺もこいつみたいだったら、昴に触ってもらえるのに）

子猫を羨《うらや》ましいと思うなんて、どうかしている。

昴の胸に強く抱き締められた、一年近く前のことを思い出して、千里は切なくなった。昴に恋をしていると気付いたのは、あの時だった。

（昴がまた抱き締めてくれるなら、猫になりたい）

隣で千里が、そんなことを思い描いているのを知らずに、昴は子猫を抱き上げようとした。でも、ふぎゃっ、と大きな声で鳴いて、子猫はどこかへ逃げて行ってしまった。

「嫌われたかな。けっこういい感じだったのに」

「きっとお腹《なか》いっぱいになったんだよ。引《ひ》っ掻《か》かれなかった？」

「うん。大丈夫」

両手でグーパーをして、昴はその手を、スラックスの膝の上に戻した。

子猫がいなくなると、それきり二人とも口を閉ざしてしまい、沈黙が流れる。昴と過ごす残り時間が、刻々と減っていくのを、千里は何もできずにただベンチで感じているしかなかった。

もうすぐこの街を離れていく昴に、千里が告げたいことは、一つしかない。それなのに、声にならない。じりじりするような沈黙を破ったのは、昴の方だった。

「千里。俺が向こうに行っても、メールとかくれる？」

「も――もちろん、送るよ」

「本当？　国際電話をかけたら、千里出てくれるかな？」

「うん。時差とかよく知らないけど、何時でもかけて。ＳＮＳもあるし、昴とはこれからもずっと一緒だよ」

「……よかった。日本とアメリカに離れても、今まで通りだ」

「昴——？」

「千里とは、ずっと親友だから。それだけは変わらないから」

ペットボトルの片方を空にして、昴が立ち上がる。どんなに好きでも、親友だと信じている昴を裏切ることはできない。昴の制服の後ろ姿が遠くなる前に、千里もベンチから腰を上げた。

「昴、待って……っ。公園を出るまで一緒に行こう」

アメリカに行かないでほしい。もっとそばにいたい。好き。大好き。親友をとっくに飛び越えている想いを、最後まで秘密にして、昴の後を追いかける。

「じゃあ、卒業式の日に、またね」

「式で泣くなよ。千里」

「泣かないよ。昴の方こそ、泣くなよ」

公園の出口で昴を見送り、彼が歩いていく方角とは逆の方角へ、千里は自転車のペダルを思い切り漕いだ。後ろは振り返らなかった。卒業式でもう一度会える——それが千里に残された、昴との最後の時間だった。

息を切らしながら、自分の家の前で、自転車のブレーキをかける。愛車を車庫に入れていると、通学鞄の中で携帯電話が鳴った。

「……昴……？」

届いたメールは昴からだった。さっき公園で別れたばかりなのに、どうしたんだろう。千里へ、というどこか畏《かしこ》まった件名のメールを、小首を傾《かし》げながら千里は開いた。

『俺、千里に嘘をついた。ボストンへ出発するの、本当は明日なんだ。だから、卒業式には出られない』

千里は息を呑《の》んで、電話の画面をもう一度食い入るように見た。

『千里の顔を見てたら、急に寂しくなって、さっきは言い出せなかった。ごめん』

電話を握り締めている手に、強い力がこもる。嘘だ。明日昴がアメリカへ発《た》つなんて、嘘だと言ってほしい。

『千里。高校で一番嬉しかったのは、千里と親友になれたことだよ。最初は照れくさかったけど、俺の写真、いっぱい撮ってくれてありがとう。さよなら』

さよなら――。メールの最後のその言葉が、千里を衝《つ》き動かした。嫌だ。まだ昴とさよならしたくない。車庫に入れたばかりの自転車を引っ張り出して、通学路を猛スピードで駆け戻る。

「バカ…っ！　何で嘘ついたんだよ、昴！」

昴と一緒にいられるのが、今日が最後だと分かっていたら、公園で別れたりなんかしなかった。勇気を振り絞って、昴に好きだと言えたかもしれない。

――そうだ。あの時、告白しておけばよかったんだ。親友に戻れなくなることを怖がらないで、自分の気持ちに、正直になればよかった。そうすれば、交通事故に遭うこともなかったのに。

（昴……。もし、俺の命が少しでも残っているなら、どこよりも一番に、昴のところへ行きたい。神様……神様。俺を生かしてください。もう少しだけ）

命が尽きる前に見えるという、十八年分の短い人生を映した走馬灯が終わる。真っ暗で何も見えない闇の中、千里は後悔した。

（死ぬのが分かっていたら、もっと早く自分の気持ちを伝えられたのに。何も言えないまま、二度と昴に会えなくなってしまうよりは、ずっとよかった）

人が一人死ぬということは、こんなにも孤独で、こんなにも寂しい。この真っ暗な虚無のような世界が、死後の世界というものなんだろうか。天使も死神もいない。

「千里。千里」

――あれ？　暗闇の向こうから何か聞こえる。

耳を澄ましていると、それが誰よりも大切な、昴の声だと気付いた。

「千里！　目を開けてくれ。お願いだから、起きて。千里、千里――」

声が聞こえた方から、ぽたりと何かが落ちてくる。温かくてしょっぱい、きっとこれは、涙だ。

（昴、泣いてるの？　俺は、昴のことが、好きだったんだ。昴に嫌われたくなくて、親友のふりをしてた。ごめんな）

最後に一度だけ、昴の顔が見たい。泣き顔を両手に包んで、大丈夫だよって、言ってあげたい。

大好きな昴。どうか俺のために泣かないで。

『……昴……っ』

びくんっ、と体を震わせて、千里は意識を取り戻した。深い眠りから覚めた時のように、すぐには夢と現実の境が分からない。おぼつかない瞼《まぶた》を開けると、真っ暗だった世界に光が点《とも》り、色彩のはっきりしない、ぼんやりとした風景が広がった。

事故のせいで、地面に倒れているからだろうか。視界がやたら低い。人の足や靴が、ばたばたと慌ただしく動いているのを、千里は声もなく見つめた。

「緊急車両が通ります、道路を空けてください！」

「君！　しっかりしろ！　救急車が来てくれたぞ！　がんばれ！」

封鎖された十字路の大きな交差点に、サイレンを鳴らしながら救急車が駆けつける。横断歩道を斜めに跨《また》るようにして、大型のダンプカーが停車し、周りをパトカーと数人の警察官が固めていた。アスファルトの真っ黒なタイヤの跡の先にある、ぐしゃぐしゃに潰れた自転車と、中身の散らばった学生鞄と、サブバッグ。その向こうに、制服のあちこちを汚した高校生が、俯《うつぶ》せになって倒れている。

『え……？　あそこに、いるのは……、俺……？』

ストレッチャーを運んできた救急隊員が、ぐったりとした高校生――千里の体を、慎重に動かす。微《かす》かに上下する胸に耳をあて、心音を確かめた隊員は、千里の口と鼻をすぐに酸素マスクで覆った。

「意識レベル３００！　呼吸、心音ともに浅く、頭部及び腹部より出血！　速やかに搬送して！」

「ストレッチャーに乗せるぞ！　一、二、三っ！」

それはとても奇妙な光景だった。応急処置をされている千里を、遠くの方から、もう一人の千里が見ている。

泥と血だらけの千里の体が持ち上げられ、ストレッチャーで救急車へと運ばれていく。その後を追い縋《すが》るように、昴が隊員の一人へ詰め寄った。

「お…っ、俺も一緒に乗せてください！　病院まで一緒に行きます！」

『昴！』

大きな声で彼のことを呼んだのは、救急車に運ばれた千里じゃない。その千里を見ている、もう一人の千里だ。

いったいこれは、どういうことなんだろう。今ここにいる自分は何者なんだろう。千里はパニックを起こしながら、必死に昴へと駆け寄った。

『昴…っ』

「お願いします、俺も救急車に乗せてください」

「君は被害者の家族の人ですか？」

「鶯凜高校の同級生です！　事故に遭ったのは俺の親友なんです！」

「君はここにいて。警察の人に学生証を見せて、被害者の身元の確認に協力してください」

「待ってください……っ、千里！　千里！」

『昴、俺、ここにいるよ。昴ってば！　聞こえないの？　こっち向いてよ、昴！』

千里が何度呼んでも、昴は振り向いてはくれなかった。けたたましいサイレンとともに去っていく救急車を、彼は交差点に立ち尽くして見つめている。

「……千里、どうして……っ」

『昴……』

「さっき公園で別れたばっかりじゃないか。どうして？　俺の家の近くで、千里が事故に遭うなんて」

『俺、昴に会いたくて、昴の家まで行こうとしたんだ。昴は明日、アメリカに行っちゃうんだろう？　もっと昴と話したかったから、いてもたってもいられなくて、俺』

「千里――、あんなに、ケガして、……千里……」

ぽたぽた、昴の両目から、大粒の涙が零《こぼ》れ出す。すぐそばに千里がいるのに、彼はいつまでも救急車が行った方向を見つめて、嗚咽《おえつ》している。

（昴は、俺のことが、見えないのか。俺が何を言っても、声も聞こえてない）

姿が見えず、声も届かない。それがいったいどういうことか、千里はやっと理解した。

（俺は、もう死んじゃったんだ。幽霊になったから、昴には、俺のことが分からないんだ）

意識が戻ったと思ったのは、勘違いだった。幽霊になったから、ケガをしているはずの自分の体は、どこも痛くないんだろう。道路に転がったままの自転車を見れば、事故の衝撃がどれほど大きかったか分かる。救急車で病院に運ばれる途中で、きっと自分は、死んでしまったのだ。

事故を調べて交差点を行き来していた警察官が、昴を呼んで、パトカーの方へと連れていく。今まで一度も見たことがない、項垂《うなだ》れて丸くなった昴の背中が、千里の胸を締めつけた。

『昴、心配させてごめん。俺は死んだけど、これからは幽霊になって、昴のそばにいるよ。幽霊ならアメリカまでついて行けるかな』

大好きな昴と一緒にいられるのなら、もう幽霊でもかまわない。右膝を痛めた時でさえ、けして泣かなかった昴が、千里のために泣いた。彼のことをもう悲しませたくない。

昴のそばにいたくて、千里はパトカーの方に向かって、ふらりと歩き出した。交差点の青信号が、色褪《あ》せた昔のカラー写真のように、薄ぼんやりとした違う色に見える。自分もいつの間にか泣いていたのかもしれない。顔を拭《ふ》こうとした千里は、徐《おもむろ》に首の後ろを摑《つか》まれて、ひょい、と引っ張り上げられた。

『え？　……ええ……っ？』

急浮上した千里の視界が、セピア色のままぐらりと揺れる。摑まれているところが引き攣《つ》れて苦しい。幽霊なのにどうして触《さわ》れるんだ？

「こら。こんなところにいたら、野次馬に踏み潰されるぞ」

『な…っ、何？　誰？』

千里が暴れると、ますます首が締まって息ができなくなる。ぶらん、ぶらん、宙を搔いた千里の足が、大きな掌の上に乗せられた。

「元気がいいな。どこの野良だ、お前」

『う、うわあああっ！』

にゅっ、と千里を覗き込んだのは、髭面《ひげづら》の見知らぬおじさんだった。視界いっぱいに広がるおじさんの顔は、まるで巨人だ。怖くなってびくつく千里を、おじさんは交差点から離れたところまで連れて行って、掌から下ろした。

「ほら、危ないからあっちへ行ってろ」

しっしっ、と追い払われて面食らう。よく見てみたら、巨人はおじさんだけじゃない。事故現場を見物している人たちが、みんな千里よりもずっと大きい。

『どういうこと？　俺、幽霊になったんじゃないの？』

人だかりの後ろで、千里はきょろきょろと周りを見渡した。次々と集まってくる野次馬たちを避《よ》けながら、不安な気持ちで歩道をうろつく。

昴のところに早く戻りたい。勇気を振り絞って、もう一度交差点へ歩き出した千里は、通り沿いに建つ店の前で足を止めた。

入り口のドアの透明なガラスに、千里の姿が映っている。千里は瞳を大きく開けて、びたんっ、とドアに体ごと張り付いた。

『な、な、何、これ。俺……っ、猫になってる――！』

ドアに触れた毛だらけの手、いや、前足。踏ん張っている後ろ足のそのまた後ろで、ふるふる揺れている尻尾。驚愕《きょうがく》して開いた口の中には、小さいけれど尖《とが》った歯がある。

千里は震える前足で、ドアに映っている猫の顔を撫でてみた。生まれてまだ一ヶ月くらいしか経っていない、白黒茶の三毛猫の子猫。くりくりの青色の瞳に見覚えがある。

『この猫……、さっき公園で見た三毛猫だ。昴がお菓子をあげてた。俺は、一回死んで、あの猫に生まれ変わったのか……？』

いやいやいや、そんな非現実的なことが起こる訳がない。でも、千里が今、子猫の姿になっていることは事実だ。

千里は恐る恐る、「昴」と声に出して言ってみた。でも、「にゃう」としか聞こえない。昴に話しかけても、無視された意味が分かった。

昴には千里の声が、子猫の鳴き声にしか聞こえなかったんだろう。千里を心配して泣いていた彼は、自分の足元に子猫がいることさえ、気付かなかったに違いない。

『事故に遭って、気を失う前、俺のそばに猫がいた。あの時、死にたくないって思ったんだ。昴のところに行きたいって』

もしかしたら、昴を想う千里の強い気持ちが、魂になって肉体から抜け出したのかもしれない。そして、その魂がたまたま近くにいた子猫に乗り移ったのかもしれない。

『嘘みたいだけど、そうとしか考えられない。こういうの、何て言うんだっけ。憑依《ひょうい》？幽体離脱？　とにかく、俺が子猫の中に入ってることだけは確かだ』

魂が無事だったのなら、千里の体はどうなっただろう。姿は猫でも、千里はちゃんと生きている。だから、救急車で病院に運ばれた千里の体も、きっとまだ生きているはずだ。

死ななくてよかった。真っ暗な死後の世界に、一人でいるなんて嫌だ。昴と同じ世界にいられることが、千里は嬉しくてたまらなかった。

『そうだ……っ、昴のところに戻らないと！』

千里は小さな体を翻して、歩道を交差点まで駆けた。発達し切っていない子猫の足は、あまり速く走れない。柔らかい肉球で懸命にアスファルトを蹴って、千里はやっと、昴が事情を聞かれているパトカーへと辿《たど》り着いた。

パトカーの近くには、横断歩道に散乱していた千里の通学鞄や、靴、鞄から弾き飛ばされた携帯電話などが並べられている。傷だらけのそれらを検分している警察官の隣で、沈んだ顔をした昴が、千里の学生証を見つめていた。

『昴。俺、これっ。この写真、俺っ』

ブルーシートの上に置かれた学生証に、千里は、とととっ、と近寄った。自分の顔写真が載っているそれに、たしたし、と前足で触れて、昴を見上げる。

『俺だよ！　昴！』

「お前――」

涙で潤んだ瞳を、昴はびっくりしたように丸くした。指を差せない代わりに、千里は子猫の丸い爪《つめ》の先で、写真と自分の顔を、交互に叩く。

『昴、気付いて。千里だよ。今は猫だけど、中身は俺なんだ』

でも、昴は不思議そうに瞬《まばた》きをしただけで、子猫の正体に気付いてはくれなかった。千里がむきになって写真を引っ掻くと、昴は慌てて学生証を取り上げた。

「いたずらしちゃ駄目だ。これは大事な親友の写真なんだぞ」

『昴――』

爪で傷が付かないように、昴が学生証を守ってくれたことは嬉しい。でも、まるきり猫扱いされて叱られるのは、切なかった。

「お前、あの公園にいた子猫だろ？　今大変だから、かまってやれない。公園に戻れ」

『嫌だ。昴、俺は昴のそばにいたい』

にゃあにゃあ鳴くことしかできない自分がもどかしい。一生懸命話しかけても、昴は首を振って、子猫の千里を歩道の向こうへ追いやろうとする。

すると、パトカーの中から警察無線の音声が鳴った。雑音の激しいそれを、神妙な顔で聞いていた警察官が、昴のことを呼ぶ。

「君！　被害者は先ほど、病院へ搬送されたようだぞ」

「本当ですか……っ？　どこの病院か教えてください」

「市内の幸生会《こうせいかい》救急病院だ。被害者のご両親が既に向かってくれている。こちらの聴取は終わったから、君もすぐに病院へ行ってあげなさい。ご協力どうもありがとう」

「はい！」

昴は子猫の千里の頭を一撫でして、交差点の脇に停《と》めていた彼の自転車に跨った。それきり千里の方を振り返ることなく、野次馬を掻き分けるようにして去っていく。

『待って、昴！』

千里は昴の後を追った。幸生会救急病院なら千里も知っている。市の郊外にある、昴が右膝のリハビリに通っていた病院だ。たたっ、たたっ、と後ろ足と前足を動かして、千里は走った。

『昴、もう見えなくなった。子猫の足って遅いんだな……っ』

人間の昴が漕ぐ自転車のスピードに、子猫の千里はついていけない。体力もなくて、しばらく走っては休み、休んではまた走るのを繰り返した。

子猫の目から見れば、道端に生えている草や、その辺りに転がっている石ころも、大きな障害に見える。でも、怖がっている暇なんかない。

商店の立ち並ぶ賑《にぎ》やかな通りを過ぎ、住宅街を抜けると、風景の中の緑色が濃くなる。猫の視覚では、赤や青の色彩が判別できないことを初めて知った。風景がセピア色に見えるのはそのためだ。

味気ない色をした街並みの中を、どれくらい走っただろう。事故に遭ったのは昼間だったのに、いつの間にか空は暗くなって、街灯が点り始めている。夜に近付くにつれて、猫の視覚は利点を発揮し出した。暗いところでも、物の輪郭が人間よりよく見える。そのおかげで、千里は病院まで迷わずに辿り着くことができた。

『は…っ、はぁ…っ、幸生会救急病院、やっと着いた――』

病院前のロータリーを、千里は力を振り絞って横切った。何時間もアスファルトと擦《こす》れた肉球が、ひりひりする。車椅子用のスロープを駆け上がり、何度も来たことのある正面玄関に出ると、自動ドアの向こうのロビーから、昴と両親が歩いてくるのが見えた。

『昴、父さん、母さん。よかった、間に合った』

正面玄関に出てきた三人は、みんな憔悴《しょうすい》し切った顔をしていた。ハンカチで目頭を押さえている母親と、母親の肩を抱いている父親。二人の少し後ろで、昴が唇を嚙み締めている。

「昴くん、付き添ってくれてありがとう。私たちは入院の用意をしに、一度家の方に戻るよ」

「――はい」

「容体が落ち着くまで、千里はICUで治療を続けるそうだ。警察の人から、君のおかげですぐに身許《みもと》が分かって、私たちに連絡がついたと聞いたよ。本当に世話になったね」

「いいえ。俺は何も……っ」

「君はあの子のいい友達だから、冷静に聞いてほしい。主治医の先生には、命があることが奇跡だと言われた。千里は頭をひどく打っていて、目が覚めたとしても、重い後遺症が残るかもしれない」

昴と千里は、はっ、と同時に息を呑んだ。父親に肩を抱かれていた母親が、耐えられなくなったように泣き出す。

「千里……っ、千里」

「我慢しなさい。昴くんの前だよ」

「だって、あなた。あの子がかわいそうで」

「千里は今、生きようとがんばっているんだ。私たちが泣いてどうする」

母親を諭している父親も、両目に涙をいっぱい溜《た》めている。子供の頃から仲良しの家族で、千里は両親に叱られたことがない。高校で昴と友達になってからは、お互いの家を行き来して、家族ぐるみの付き合いをしていた。

(父さん、母さん。俺が事故に遭ったせいで、みんなに心配をかけてる)

両親と昴の悲痛な様子が、千里の胸を揺さぶった。でも、子猫の姿では何もできない。自分はここにいると、物陰から虚《むな》しく三人を見上げていることしかできない。

(——ICUに、俺はいるのか。もし意識が戻らなかったら、その時は……)

ぶるぶるっ、と背中の毛を震わせて、千里は恐ろしい想像を打ち消した。死がすぐそこに迫っているのだとしても、かろうじて繋《つな》いでいる命を、無駄にはしたくない。千里が子猫になったことだって、奇跡には違いないから。

「昴くん、君のお家《うち》まで送るよ。もう遅い時間だし、ご両親も心配されているだろう」

「あ……、いいえ。俺は自転車で帰ります。父は先にボストンへ引っ越していて、家にいるのは母だけなんです」

「そうか、君もあちらへ越していくんだったね。千里から聞いていたよ。それじゃあ、今日はこれで。くれぐれも気を付けて帰って」

「はい。千里の容体を、また連絡してください。お願いします」

昴と別れた両親は、タクシー乗り場の方へと歩いていった。ついて行こうか、千里はさんざん迷った挙句、二人が乗ったタクシーを見送った。

夜目が効く猫の瞳は、リアウィンドウの向こうで肩を落としている両親の姿を、はっきりと映してしまう。コンクリートの地面を、千里はやるせなく爪で引っ掻きながら、謝った。

(ごめん。父さん、母さん。俺はちゃんと生きてるから、心配しないで)

タクシーが病院前のロータリーを出ていってから、駐輪場へ向かった昴の後を追う。自転車を押して歩いていた昴は、千里に気付いて足を止めた。

「お前……、どうしてこんなところに？　まさか、俺について来たのか？」

こくこく、と小さな頭で頷いて、千里は昴のスラックスの足元に擦り寄った。昴は制服を着替えもせずに、事故の起きたあの交差点に駆け付けてくれたのだ。

「公園に戻れって言っただろ？　……親友が事故に遭って入院したんだ。お前のことをかまってやる余裕ないよ」

昴は少し強めに千里の頭を撫でると、再び歩き出した。まるで病院から離れたくないように、昴は何度も後ろを振り返って、病棟の窓を見上げている。

あの窓のどこかで、自分の体が死と戦っている。千里は思わず、にゃあにゃあ鳴いて自分を応援した。

『がんばれ、俺』

「静かにしないと。ここは病院だぞ」

昴が千里を見下ろして、しー、と唇の前に人差し指を立てている。千里も前足で同じようにすると、昴は変なものを見たように小首を傾げた。

「何か、今の猫らしくないな。気のせいか？」

『え、えっと、俺は猫だけど、中身は猫じゃないんだ。どう説明したらいいか分からないんだけど……』

「なあ、お前どこまでついて来る気だ？　俺といても、飼ってはやれないよ」

『──うん、分かってる。昴は明日、アメリカへ行っちゃうんだろう？』

子猫と人間で、会話にならない会話をしながら、千里と昴は並んで歩いた。歩幅が違い過ぎて、早歩きをしないと昴に置いて行かれてしまう。いつまでもそばを離れない子猫に折れたのか、昴は帰り道の途中で、自転車の前カゴに千里を乗せてくれた。

昴は制服の上着を脱いで、千里が寒くないように、しっかりと包んだ。人間よりも嗅覚《きゅうかく》の優れた鼻が、上着に染み込んだ昴の匂いを敏感に感じ取る。

『昴のいい匂い。ありがとう、昴。昴はやっぱり優しいなあ』

夜道を走り出した自転車は、スピードに乗ってぐんぐん進んでいく。千里が数時間かかって病院まで辿り着いた道のりを、昴は三十分ほどで駆け抜けた。

昼間に二人で話をした公園が見えてくると、だんだん自転車のスピードはゆっくりになる。街灯に照らされた公園の入り口で、昴は自転車を停めた。

「お前の縄張りに着いたよ。ほら、寝床に戻れ」

『い、嫌だ…っ。昴、ここは俺の家じゃないよ。俺、昴のそばにいる』

カゴの網目に爪を引っかけて、千里は下ろされないように踏ん張った。でも、昴は簡単に千里を持ち上げて、アスファルトの地面へと放してしまう。

『嫌だ、嫌だ、昴。置いて行かないで』

にゃあにゃあ、にゃあにゃあ、千里は必死に昴を呼んだ。すると、昴はどこか痛いような、悲しいような、複雑な表情をした。

「いい人に拾われろよ」

『え――』

冷たい夜の風が、公園の木々の葉を揺らしている。全身を毛で覆われているのに、千里は体温を奪われて、ぶるっと震えた。

昴は自転車のカゴから上着を取って、風除《よ》けになる植え込みの陰に、それを丸めた寝床を作った。真ん中に千里を座らせて、言い聞かせるように優しく背中を撫でる。

「こうしておけば、少しはあったかいだろ。俺は替えがあるから、この上着はお前にやる」

『……昴……っ』

「ばいばい。元気でな」

昴は駆け足で植え込みを離れると、千里のことを振り切るようにして、自転車で去って行った。

『昴！』

慌てて追いかけても、立ち漕ぎをした彼の背中が、瞬く間に見えなくなる。

三年間着た大事な制服を、子猫のためにくれた優しい昴。彼との別れが信じられなくて、公園に取り残された千里は、呆然《ぼうぜん》と立ち尽くした。

『そんな……。昴のそばにはもういられないの……？』

明日、昴がアメリカへ出発する前までは、一緒にいられると思っていた。たった一晩でもいい。まだ彼と離れたくない。

千里は意を決して、くるりと小さな体を翻した。植え込みのところまで戻り、昴の上着を口に銜《くわ》えて引っ張り出す。

（ちょっと汚れちゃうけど、ごめんね、昴）

千里は頭に上着の襟首を引っ掛けて、ずるずると地面に擦らせながら、昴の家に向かって歩き出した。

子猫の体よりも重い上着を運ぶのは、無謀な行為なのかもしれない。でも、昴と過ごした三年分の思い出が詰まったそれを、公園に置いたままにしておく訳にはいかなかった。

『んっしょ、んっしょ』

肉球に力を込めて、夜の歩道を進む子猫。へとへとになっても歩みを止めない千里に、昴の家の明かりは、途方もなく遠かった。

2

「――あれ？　何で俺の上着が、こんなところに落ちてるんだ？」

眠り込んでいた千里は、昴の声で目を覚ました。昨夜《ゆうべ》、昴の家に泥だらけの上着を運んだ後、千里は力尽きて気を失ってしまったのだ。

「あの猫が、ここまで届けに来たとか……。まさか、そんなことある訳ないよな」

千里が子猫になって一夜が明けた朝。上着を拾い上げた昴は、不審そうな顔をして首を傾げている。玄関先に飾ってある、花の植木鉢の陰から、千里は寝ぼけ眼《まなこ》で昴を見上げた。

（おはよう。昴。上着、ちゃんと畳んで返せなかった。ごめん）

声を出したら、昴に見付かってまた公園に連れ戻されるかもしれない。彼に話しかけたい気持ちを我慢して、千里は花の夜露を朝ご飯代わりに、ぺろっと舐めた。

（これから空港へ行くのかな。昴が引っ越すのはボストンだったっけ）

空港まで見送りに行くには、どうしたらいいんだろう。でも、子猫のまま昴とさよならをするのは、寂し過ぎる。

昴は上着を持って、一度家の中に戻ると、すぐまた玄関のドアを開けた。ジーンズの尻ポケットから出した鍵を、ちゃりちゃり鳴らしながら、彼がいつも自転車を置いているガレージへと歩いていく。

（空港へ行くのに、自転車？　変だな）

千里は忍び足でガレージに近付くと、昂が押して歩いている自転車に向かって、はっとジャンプした。格好よく後ろの荷台に飛び乗りたかったのに、タイヤの泥除けに足を引っ掛けて、ずり落ちそうになる。

（わっ！　わわっ！）

じたばたしながら、何とか荷台に乗った千里は、子猫には十分スペースがあるそこに、腹《はら》這《ば》いになって張り付いた。

すると、千里が乗っていることにまったく気付かない昂が、長い足を上げてサドルに跨った。子猫の頭スレスレのところを、彼の膝が擦り抜けていって、千里は冷や汗をかきそうになった。

（サッカーボールって、こんな気分――？）

今度自分がボールを蹴ることがあったら、そっと優しく蹴ってあげよう。とりとめもないことを考えていると、千里を乗せたまま自転車は走り出した。

（昂、どこへ行くの）

振り落とされないように、荷台のスチールの骨組みにしっかりとしがみ付く。子猫だから、昂と二人乗りをしても、誰も叱らないだろう。

落ちるのが怖くて、ぎゅっと目を閉じていたから、自転車がどこをどう走ったのか、千里は分からなかった。

背中の毛を温めている太陽と、風の音と、ペダルを漕ぐ昴の息遣い。このまま、どこまでもどこまでも二人乗りをしたい。昴が今日アメリカに行ってしまうことを、千里はまだ、心のどこかで納得できていなかった。

「――あっ、昴が来た。昴、こっち！」

どれくらい目を瞑《つぶ》っていただろう。知っている声が聞こえてきて、千里は伏せていた耳を、ぴんと立てた。目を開けると、大きな昴の背中の向こうに、昨日の病院が聳《そび》え立っている。

（ここは……。昴、もしかして、俺のお見舞いに来てくれたの……？）

嬉しくて、体じゅうが心臓になったように、どきどきする。昴の背中に思い切り抱き付いて、人間の言葉で、ありがとうと言いたい。

「羽野くん！　緒川くんが交通事故に遭ったんだって？」

「情報回ってきたびっくりした。あいつ、大丈夫なのか？」

「昨日はＩＣＵにいるって、千里のお父さんが言ってた。それから連絡がないから、まだ目を覚ましてないんだと思う」

「意識不明ってこと――？」

「そんな。もうすぐ卒業式なのに、何でこんなことになったんだよ」

病院の前で昴を待っていたのは、同じクラスの友達だった。千里のことを心配して、みんなでここへ駆け付けてくれたらしい。

(俺のために、みんな……。ごめん。心配かけて、ごめんな)

荷台の上で、千里が無言で謝っていると、友達の中の一人と目が合った。昴と小学校からずっと同じ学校に通っている、彼の幼馴染《おさななじみ》の香奈子《かなこ》。昴を介して、千里とも仲良くなった女の子だ。

「昴、この猫、どこの子？　病院に動物を連れてきちゃ駄目だよ」

「え？　あっ！　お前いつの間に――」

香奈子が千里を指差したせいで、昴に見付かってしまった。ばつが悪くて、前足で頭を掻いていると、昴が呆《あき》れたように溜息《ためいき》をつく。

「羽野くんが飼ってる猫なの？」

「違うよ、通学路の公園にいた野良猫。昨日からやたら懐《なつ》いてきて、俺のそばを離れようとしないんだ」

「野良なのに珍しいな。誰かに飼われてて、逃げ出したのかも」

「ぬいぐるみみたい。かわいい」

千里へ何本も手が伸びてきて、頭や背中を撫でられる。くすぐったいのに、顎《あご》の下を摩《さす》られると、気持ちがよくて喉《のど》がごろごろ鳴った。

『や、やめろよ、みんな。ふふっ、くすぐったいって。中身は俺なんだぞ』

柔らかく体をくねらせて、抵抗にもならない抵抗をする。千里が友達に遊ばれている間に、昴は先に病院の中へと入っていった。

「待てよ、昴。俺たちも行くから」

「ばいばい、にゃんこ」

『あ…っ、みんな――』

駐輪場に、ぽつんと一人取り残されて、千里は今更、子猫になってしまったことを後悔した。昨日は学校の登校日で、みんなと一緒に普通に過ごした。できることなら、事故に遭う前の、教室にいたあの時間に戻りたい。

『みんなにかまってもらっても、話一つできないんだ……』

寂しさを紛らわせるために、千里は自転車の荷台から飛び降りて、病院の敷地をとことこ歩き出した。市内で唯一の救急病院だからか、ひっきりなしに救急車が出入りしている。昨日、千里も同じようにここへ運ばれたのだ。

(俺の体、大丈夫なのかな。頭を強く打ってるって、父さんが言ってたけど……。猫になってるのは、意識を失ってる俺が見てる夢だったりして)

本当にこれが夢だったら、どんなにいいかしれない。眠っている自分の体は、いったいいつ目覚めるのだろう。

(俺のいるICUって、本館の二階の真ん中だっけ。前に昴が右膝の手術をした時、お見舞いに行ったことがある)

千里は病院内で一番大きくて立派な、本館の建物の裏手へと回った。入院患者の食事を作っている調理室から、いい匂いが漂ってくる。

ボイラー室、洗濯室、と順に進み、建物の外に設置してある非常階段を上った。階段から長く連なったベランダへ飛び移って、ブラインドで窓を塞《ふさ》いでいる、大きな部屋の前で足を止める。

『多分ここがICUだ――』

室内には、包帯でぐるぐる巻きにされて、たくさん機械をつけられた自分が眠っているはずだ。ブラインドの隙間がないか探してみても、どれもぴったりと閉じていて、窓の向こうを見ることはできなかった。

千里はがっかりしながら、ICUの前を通り過ぎて、ベランダの先へと歩いた。コの字型の本館は、外科病棟の病室がたくさん並んでいる。エアコンの室外機の上で休憩をしていると、たまたま窓を開けた看護師に見付かってしまった。

「こらっ。病室に入っちゃ駄目よ。あっちへ行きなさい」

『わっ！　お、お邪魔しましたっ』

窓辺のカーテンが風に舞って、消毒薬の匂いがベランダに漂ってくる。清潔な病院内に、野良猫は入っちゃいけない。自分が人間ではないことを、千里は否応なく意識させられた。

（いつまで俺は、この姿でいればいいのかな）

ＩＣＵにいる自分が目覚めるのかどうか、今は何の保証もない。目覚めても、猫の体に入ってしまった魂は、どうやって元に戻ればいいんだろう。

（何も分からない……。俺はこれから、どうしたらいいんだろう）

考えても考えても、不安ばかりが大きくなって、いい答えは見付からなかった。ベランダから非常階段に逃げて、人が通りかかるたび物陰に隠れながら、とぼとぼと病院を一回りする。駐輪場まで戻ると、暗い顔をした昴と香奈子もそこにいた。他の友達はもう解散してしまったのか、二人きりで何か話していた。

（昴）

彼の姿を見ていると、不安だらけの千里の心は、少しだけ落ち着く。先の見えない状況の中で、昴のそばにいたいという気持ちだけが、千里にとって確かなものだった。

千里はそっと、昴の後ろへ駆け寄って、スニーカーの足元に佇《たたず》んだ。救急車のサイレンの音に紛れて、昴と香奈子の声が聞こえてくる。

「ＩＣＵに通してもらえなかったね。昴が入院をした時は、お見舞いできたのに」

「うん――」

「みんなも言ってたけど、家族しか面会できないってことは、千里くんはそれだけ、深刻だってことだよね」

香奈子の言葉に、昴は頷きたくないみたいに、黙って唇を引き結んだ。握り締めていた彼の拳が、小刻みに震えている。昨日の泣いていた昴を思い出して、千里はじっとしていられずに、彼の背中を摩る代わりにスニーカーの踵《かかと》を撫でた。

「心配だけど、千里くんのことは、もう家族の人に任せるしかないよ。昴、今日ボストンへ出発するんでしょ？」

千里は、どきん、と胸を鳴らして、香奈子を見上げた。

（香奈子ちゃんは、前から知ってたんだ。昴が今日アメリカへ行っちゃうこと、俺は昨日やっと知ったのに）

胸がじりじりするような、千里の中に嫌な感覚が広がっていく。

香奈子は昴の幼馴染で、彼が誰よりも親しくしている女の子だ。高校で出会った千里よりも付き合いの長い香奈子が、昴が卒業式を待たずに旅立つことを、事前に聞かされていても不思議じゃない。でも、香奈子より先に、自分にそれを打ち明けてほしかった。

（香奈子ちゃんに、俺は、焼きもちを焼いてる）

長い髪に、きりっとした美人な顔立ち、性格は明るく活発で、クラスの男子の憧れの存在の香奈子と、サッカー部のエースストライカーで人気者の昴は、とてもお似合いの二人だ。香奈子は昴の前だと、いつも瞳をきらきらさせている。彼女が昴に幼馴染以上の好意を持っているいことを、千里はうすうす気付いていた。

「香奈子。俺はもうしばらく、こっちにいる。昨夜親に頼んで、飛行機をキャンセルしてもらったんだ」

「え……っ？」

びっくりしている香奈子と同じように、昴の足元で、千里もびっくりした。昴がまだここにいてくれるなんて！

「千里が目を覚まさないのに、俺だけアメリカに行くことなんかできないよ」

「昴が心配するのは分かるけど、でも、出発を遅らせてまで、どうして？」

「――千里が事故に遭ったのは、俺のせいなんだ」

昴の声が震えているのを、千里の耳は敏感に聞き分けた。人間よりも鋭い猫の聴覚が、今にも泣き出しそうな切ない声を拾ってしまう。

「昨日、千里といつもの公園で別れた後、今日アメリカへ発つつもりだったことを、メールしたんだ。俺……、何度も言おうとしたんだけど、千里に面と向かっては言えなくて。千里が事故に遭ったのは、そのメールを送ったすぐ後だった。俺の家の近所の交差点で、ダンプに撥《は》ねられて……っ」

「昴」

戦慄《わなな》いている昴の肩に、香奈子が手を置く。事故の瞬間のことを、千里はあまりよく覚えていなかった。昴のところへ行きたくて、必死に自転車を漕いでいたら、物凄《ものすご》い衝撃とともに撥ね飛ばされて、地面に叩き付けられたのだ。

「千里は、きっと俺の家に来ようとしてたんだ。俺があんなメールを送ったから。俺のせいだ。俺が千里を、あんな目に遭わせたんだ」

『違うよ！　昴のせいじゃない！』

千里は思わず、大きな声で鳴いた。

「お前……」

驚いている昴の前に、たたっ、と走り出て、身振り手振りで訴える。

『昴の家に行こうとしてたのは本当だけど、事故は俺の不注意だ。ダンプカーが左折してきたのに、俺、横断歩道で自転車を飛ばし過ぎてて、全然気付かなかったんだ』

「まだいたんだ、この子猫。本当に昴に懐いてるんだね」

『聞いてよ、昴！　事故に遭ったのは俺のせいだよ。俺が悪いんだ』

「しーっ。あんまり大きな声で鳴いたら、病院の迷惑になるぞ」

『昴！　ちゃんと聞いて！　昴は何も悪くない。俺の事故を、自分のせいだなんて言わないで。元気出してよ！』

「もう…っ、静かにしろったら」

にゃうにゃう鳴き続けている千里を、昴は両手で抱いて、顔の前に持ち上げた。潤んだ彼の瞳が、視界の間近に迫ってきて、千里はたじろいでしまう。

「お前にかまってはやれないって、昨日も言っただろ？　おとなしくしないと、怒るぞ」

『昴――。何で俺のことが分からないんだよ。こんなに昴に話しかけてるのに』

「ねえ、この子って、昴のことを励まそうとしたんじゃない？　すごく一生懸命に鳴いてたし、きっとそうだよ」

「野良猫がそんなことする訳ないだろ。違うよな？　お前」

『ううん、違わない。香奈子ちゃんの言う通りだよ』

「ほら、今この子、首振ったでしょ。やっぱり昴を励ましたいんだよね？」

『うんっ』

「今度は頷いた。かわいいっ」

「香奈子の目の錯覚だよ」

『錯覚じゃないよ、昴！　この猫の中に、俺がいるんだってば！』

にゃううん、と千里は思い切り鳴いた。自分の言葉が昴に伝わらないのは悲しい。人間の言葉を話したい。

鳴くだけでは足りなくて、体じゅうでばたばた暴れていると、昴は昨夜のように、千里を自転車の前カゴに乗せた。

「俺、こいつを公園に戻してくる。またな、香奈子」

「うん。——出発が延びたってことは、卒業式には出られるの？」

「出るよ。いちおうそれが、親に飛行機をキャンセルしてもらった交換条件だから」

「そう。千里くん、早く意識が戻るといいね。ばいばい、猫ちゃん」

カゴの網目の向こうで、香奈子が千里に手を振っている。前足を振り返す暇もなく、自転車は動き出した。

『昴、あの公園には戻りたくない。戻ってもまた、俺は昴のところへ会いに行くよ』

千里はカゴから身を乗り出して、自転車のハンドルに前足を掛けた。近くにあったベルを、爪でかしかし引っ掻いていると、頭の上から叱られる。

「危ない。落っこちたらどうするんだ。ちゃんとカゴに入ってろ」

『そんなに怒ることないだろ』

かしかし、ちりちり、ベルにいたずらを続ける。片手運転をした昴が、千里の頭を窘《たしな》めるように撫でた。

「じっとしてろって。何かお前、昨日よりも汚れてないか？」

『さっきまで病院の周りを散歩してたから、そのせいかも。シャワー浴びたいな』

猫になってから、人間らしいことを何一つしていない気がする。このまま本物の猫として生きていくことになったらどうしよう。

『昴、この猫は本当は俺なんだ。お願い、気付いて』

公園に着いたら、また昴に置いて行かれてしまう。昨夜のような悲しい思いをするのは嫌だ。千里はもうたまらなくなって、赤信号の小さな交差点で、自転車が停まった隙《すき》にハンドルに乗り上がった。

「危ないって言ってるだろ。カゴに戻れ」

どんなに昴のそばにいても、人間と猫は遠い。もどかしい気持ちも、やるせない気持ちも、不安も、心の中にあるものを全部飲み込んで、千里は昴を呼んだ。

『昴――』

昴が千里を見下ろして、小さく瞬きをする。

『こんな姿になっても、俺は昴のことが、大好き』

「お前、俺に何か言ったのか？　今」

『うん。大好き。好きだよ。昴』

まるで、永遠に叶《かな》わない片想《かたおも》いをしているようだ。子猫の千里の告白は、人間の昴の耳には届かない。

伝え切れない想いのせいで、鼻の奥がつんとしてきて、千里の体じゅうが熱くなった。

「何で……？　何でお前、泣いてるんだよ……」

『え？　あ――、俺…っ』

猫も涙を流すことを、この時初めて知った。潤んだ青色の瞳の向こうで、昴が顔をくしゃ

くしゃにしている。

「ずるいぞ、お前。こんなの見たら、放っとけないだろ」

昴の指が伸びてきて、千里の瞳から溢《あふ》れた涙を拭《ぬぐ》ってくれた。信号が青に変わっても、自転車は停まったまま動かない。ハンドルの上の千里を、昴はそっと両手に包んで、広い胸へと抱き寄せた。

「分かったよ。お前を家に連れて帰ってやる」

『いいの……っ？　昴、昴……っ』

千里は昴の服に顔を埋《うず》めて、何度も何度も名前を呼んだ。嬉しくて仕方なかった。ほんの少しだけ、千里の想いが昴に届いた。

ぐすぐす泣いている千里の体を、昴の掌がすっぽりと包み込む。

「よしよし。もう泣かしたりしないから、ごめんな」

『ううん。俺の方こそ、猫でごめん』

昴の温《ぬく》もりを感じながら、千里は体じゅうの力を抜いて、自分を預けた。すると、安心し過ぎたのか、お腹の方から変な音が鳴り出す。

ぐきゅるるるる。そう言えば、猫になってから何も食べていなかった。急にお腹が空いてきて、千里は顔の毛の下で赤面しながら、きゅるるるる、とまた恥ずかしい音を鳴らした。

「すごい音。ペットショップに寄ってくか。猫用のミルクを買ってやるよ」

『あ――ありがとう、昴。俺めちゃくちゃかっこ悪い……っ』

かっかと火照《ほて》る顔を、千里は慌てて前足で隠した。涙はいつの間にか、どこかへ消えてしまっていた。


「昴。子猫を拾ってくるなんて、何を考えてるの」

昴に抱かれて家に入ると、彼の母親が玄関先で待っていた。千里が遊びに来るたび、ケーキやクッキーを焼いてくれた優しいおばさんは、今日に限って仁王立ちでぷんぷん怒っている。

「こっちにいられるのはあと少しなのよ？　お父さんはお仕事の都合で、先に向こうで待ってるんだから、無計画なことしないの」

「こいつ、まだ小さいから放っておけなかったんだ。ちゃんと世話をするし、ボストンへ出発するまで、うちに置いてやって」

『お…お世話になります。おばさん、急に押しかけてごめんなさい』

昴に抱かれたまま、ぺこ、と千里がお辞儀をすると、母親の怒った顔が少し和らいだ。

「あら――、生後一ヶ月くらい？　本当にまだ小さいのね」

「うん。前にうちで飼ってたサクラの哺乳瓶、どこにいったっけ。先にミルクをあげたいんだけど」

「引っ越しの処分品の中かしら。ちょっと待ってなさい。うちで猫の面倒をみるなんて、久しぶりねえ」

こころなしか、哺乳瓶を探しにいく母親のスリッパの音が弾んでいる。チェック柄のエプロンの裾《すそ》を揺らして、母親は廊下の途中で振り返った。

「昴、千里くんの様子はどうだったの？　お見舞いはできた？」

「……ううん。昨日からずっと面会謝絶になってて、家族の人しか会えないんだって」

「それは心配ね…。うちにも力になれることがあればいいんだけど。猫に触ったら手を洗わなくちゃ駄目よ。病院に行く時は特に気を付けて」

「分かってる。こいつも動物病院に連れて行って、検査しなきゃ。ワクチンも打たないと」

『ワクチン――』

大の注射嫌いな千里は、ぶるぶるっと体を震わせた。

「寒い？　すぐに寝床を作ってやるからな」

昴は千里を自分の部屋に連れて行くと、柔らかいクッションとバスタオルで、即席の猫ベッドを作ってくれた。

『すごい、ふかふか。これ気持ちいい』

猫ベッドの上で、ごろごろ転がって寝心地を確かめる。柔らかくてご満悦の千里のことを、昴が笑って覗《のぞ》き込んだ。

「気に入ったのか?」

『うん…っ。ありがとう、昴』

千里を撫でようと伸ばしてきた昴の指先に、ちょん、と前足を当ててハイタッチする。そのまま指と前足で遊んでいると、ノックの音とともに部屋のドアが開いた。

「昴、哺乳瓶あったわよ。それから、お湯とガーゼ。ミルクを飲ませたら、その子の体を拭いてあげなさい」

「母さんも何だかんだ言って世話焼きだな。——歓迎してもらえたみたいだぞ。よかったな、お前」

『うん。昴もおばさんも、本当に猫好きなんだね』

猫用のミルクは、人間の赤ちゃんのミルクと同じ、粉末をお湯で溶かすタイプだった。哺乳瓶でミルクを作って、しゃかしゃか振っている昴は、とても手慣れている。甘くておいしそうな匂いは、千里の空っぽのお腹をいっそう刺激した。

「——ほら、できたぞ。ゆっくり飲もうな」

昴に哺乳瓶の吸い口を宛《あて》がわれると、照れくさくて、恥ずかしい。赤ちゃんになったような気分を味わいながら、千里はおずおずとミルクを飲んだ。

『いただきます』

んっ、んっ、んっ。五臓六腑《ろっぷ》に染み渡る、というのはこういうことだろう。恥ずかしいなんて言っていられない。初めての猫用ミルクの味は、おかわりがしたくなるくらいおいしかった。

『ぷはっ。もう一杯』

「いい飲みっぷりだな、お前」

「上手に飲めたわね〜。そうとうお腹が空いていたのね」

規定の分量より多めのミルクを、あっという間に飲み切って、千里は満腹のお腹を摩った。昴が哺乳瓶を片付けている間、食後のまったりしたひとときを過ごす。うとうと眠りそうになっていると、千里の背中を温かいガーゼが覆った。

『んん…っ、お腹いっぱいで眠たいよ、昴』

「じっとして。蜘蛛《くも》の巣や葉っぱの屑《くず》がついてる。綺麗にしないと」

お湯で濡《ぬ》らして固く絞ったガーゼが、千里の汚れた毛を、艶々《つやつや》の毛にしていく。ミルクで汚れていた口元も、昴は優しく拭いてくれた。

「足もだいぶ汚れてるな。母さん、仰向《あおむけ》けにするから、こいつを支えておいてくれる？」

「いいわよ。はい、猫ちゃん、バンザイして」

バンザーイ、と言われるままに前足を上げて、猫ベッドの上で仰向けになる。自然と後ろ足も持ち上がって、とても無防備なポーズになった。

「――あれ？」

すると、千里の体のある部分を見つめて、昴と母親が目を点にした。

「お前もしかして、オス……？」

「まさか、そんなはずない――あらあらあら、純粋な三毛猫なのに珍しいわね」

『えっ？』

二人の視線の先を、つつつ、と千里は追った。昴が、ミルクで膨らんだお腹の下の方の毛を掻き分けて、後ろ足をみよーんと開く。

『うわああっ！　何するんだよ、昴っ。昴のえっち！　えっちえっち』

一糸纏《まと》わぬ千里のあられもないところが、隠す間もなく曝《さら》されてしまった。ふぎゃふぎゃ鳴いて抵抗していると、さっきよりももっと優しい手つきで、ガーゼにお腹全体を拭われた。

「怖くない怖くない。男だろ、お前、ちょっと我慢してろ」

『こ…っ、怖いんじゃなくて、恥ずかしいんだよう。見ないでーっ』

「びっくりしたわ。あなた幸運の猫ちゃんだったのね」

『幸運――？　おばさん、どういうこと？』

「三毛猫のオスは何万匹に一匹って言われているわ。出会った人に福を招く、この子は縁起物の猫よ」

確かに、三毛猫は遺伝的に、メスばかり生まれると聞いたことがある。公園をうろついていた野良猫が、幸運の招き猫だったなんて、まるで自分のことのように千里は嬉しくなった。

『かっこいいじゃん、俺』

「母さん、こいつに名前をつけてやりたいんだけど、何がいいかな」

「情が移るわよ。やめておきなさい」

「名前がないと、福がどこかへ行っちゃうだろ。――お前ちっちゃいから、『ちび』でいいか？」

『俺は「千里」だよ、昴』

千里の声は昴に伝わるはずもなく、この時から『ちび』という仮の名前をつけられてしまった。

「ちび、前足をこっちに向けて。もう一回バンザーイ」

お湯で濯《すす》いだガーゼが、肉球に当たってほこほこする。猫ベッドのタオルに埋まりながら、マッサージのように体のあちこちを拭かれていると、千里は夢見心地になった。どんどん睡魔が襲ってきて、勝手に閉じていく瞼を止められない。

『昴、もう限界。おやすみなさい……』

ふあ、と小さくあくびをして、千里はそのまま眠りに落ちた。まるでそのあくびを褒めるように、昴は千里の顎の下を、そっと撫でてくれた。

3

『いっ、痛い――――！』

注射針が、毛の下の皮膚に刺さった途端、千里は悲鳴を上げた。首に聴診器をかけた白衣の先生が、にこにこ笑顔を浮かべながら、診察台の上の千里のことを見つめている。

「はい、もう終わったよ。よくがんばったね」

昴の家に身を寄せた翌日、千里は検査と予防接種のために、近所にある沢登《さわのぼり》動物クリニックを訪れていた。野良猫を保護した時は、健康状態をチェックする必要があるらしく、注射を嫌がる千里を昴が無理矢理連れて来たのだ。

『うう…っ、注射なんか嫌いだ……っ』

「ワクチンの効力を高めるために、日にちを空けて同じ注射をもう一度打つから、また診察に来てください」

『ええ…っ⁉　また痛い思いしなきゃいけないのっ？』

注射器を手にしたままの院長、沢登の笑顔が、千里には悪魔の微笑みに見える。抗議の一鳴きをすると、診察台のそばにいた看護師が、宥《なだ》めるように千里の首の後ろを撫でた。

「ちびちゃん、飼い主さんのところに戻りましょうね。羽野さん、お願いします」

「はい。ちび、こっちにおいで」

『昴、この先生ひどいんだ。俺の背中にあんなに太い注射をしたんだぞ。もうやだ。注射も検査も絶対嫌だ』

昴が抱き上げてくれてからも、千里は拗《す》ねてぐすぐす言っていた。こんなに痛い思いをするなんて、子猫暮らしも楽じゃない。

「血液検査の結果は、特に異常は見られませんでした。健康状態は良好ですよ」

「よかった――」

「皮膚の疾患もないようなので、四、五日したらシャワーを使用しても大丈夫です。その際は、よく毛を乾かして、保温に気を付けてください」

「はい」

「それにしても、オスの三毛猫とは珍しい子を拾ったね。うちは保護猫や保護犬の里親募集もしているけど、ちびくんのような猫は初めてじゃないかな」

「そうなんですか?」

「とても珍重される猫だからね、保護の機会も極端に少ないし。もし里親を探しているなら、うちの病院のSNSを覗いてみてください。院名ですぐ検索できますから」

「あ…、はい。先生、ありがとうございました」

診察が終わって、やっと注射の悪夢から解放される。病院の外に出ると、千里はほっと息をついて、抱っこをしてくれた昴の胸に額を擦り付けた。

『怖かったよう、昴』

「ちび、お前相当びびってたろ。看護師さん笑ってたぞ？」

『知らない。お腹空いたから、早く帰ろう』

「ワクチンを打つのは、病気からお前を守るためなんだ。注射を怖がるなんて、ちびは千里そっくりだな」

不意に本当の名前を呼ばれて、千里は驚いた。青い瞳をぱちくりさせて、昴を見上げる。

「入院してる俺の親友、注射が大の苦手なんだ。前に千里が風邪をひいて、放課後病院に付き添った時、あいつ注射は絶対嫌だって、薬だけもらって帰って三日も寝込んでた」

『そんな前のことを覚えてたの――？』

「千里は怖がりなのに、麻酔や手術に耐えて、今もＩＣＵでがんばってる。お前も見習わなきゃな」

ぽんぽん、と励ますように、昴が千里の体を叩く。千里は照れて、もじもじと昴の胸と肘《ひじ》の間に顔を突っ込んだ。

「ふふ。くすぐったいよ、ちび」

昴の明るい声が、服越しに千里の耳に響く。交通事故が起きてから、ずっと元気のなかった昴が、朗らかに笑ってくれて嬉しい。

（昴が俺のことを褒めてくれた。俺もがんばるから、昴ももっと元気になって）

動物病院から、歩いてすぐの距離の昴の家に戻ると、彼の母親がミルクを作って待っていてくれた。

千里がリビングで食事をしている傍《かたわ》らで、昴は携帯電話で何か検索している。沢登動物クリニックのサイトが、電話の画面に大きく表示された。

「ちびちゃん、あーんして。——昴、沢登先生は何かおっしゃってた？」

「うん、ちびは健康だって。病院のＳＮＳで、保護猫の里親を募集してるって言ってた」

「あそこの病院は熱心に活動されてるのよ。保健所へ動物を連れて行くのは、かわいそうでしょ」

もし、公園で野良猫のままで過ごしていたら、千里が入っているこの子猫も、保健所で処分されていたかもしれない。野良猫が安心できる家に迎えられ、ミルクを与えてもらえるのは、きっと幸運なことなのだ。

「里親募集の掲示板、結構書き込みがある。雑種以外にも、スコティッシュフォールドに、チンチラ、アメショー、人気の猫もいるんだな」

「昴。あなたもこの子のことをちゃんと考えなさい。長くても卒業式までしか、世話をしてあげられないのよ？」

「……うん、分かってる」

千里は飲みかけの哺乳瓶から口を離して、昴の方を見た。彼と過ごせるタイムリミットが、急に現実味を帯びてくる。

「大学に通い始める前に、語学学校の入学も決まっているんだし、これ以上は出発を延ばせないわ。昴、いい？　卒業式までに、ちゃんと里親を探しなさいよ」

「今探してる。何度も言うなよ」

昴はアメリカ行きを一時的に延期しただけで、出発の日はまたすぐそこに迫っていた。ボストンの大学でスポーツドクターの勉強をする彼は、千里とずっと一緒にはいられない。頭ではそのことを分かっていても、昴と離れるのは、千里は嫌だった。

（本当は人間に戻って、昴のそばにいたい。それでも、さよならしなきゃいけないんだ）

幸せな今の時間は、けして永遠ではないことを、小さな胸に言い聞かせる。千里は前足で口元を拭うと、ミルクを飲ませてくれた母親にお礼をした。

『おばさん、ごちそうさまでした』

「ちびちゃん？　ご飯はもういいの？」

にゃうん、ともう一度お礼をして、母親の膝から下りる。千里は革の匂いのするソファを数歩歩いて、里親募集の掲示板を見つめている昴の膝に、ぽすん、と体当たりした。

「痛っ」

『そんな掲示板見てないで、俺と遊ぼうよ』

卒業式の日まで、残された昴との時間を、片時も離れていたくない。逞《たくま》しい昴の膝によじ登って、彼の携帯電話を奪おうと、前足で猫パンチする。

「何だよ、ちび。まだ注射のこと拗ねてるのか？」

昴は苦笑しながら、千里に電話を向けた。パシャッ、といきなり写真を撮られて、目の前がちかちかする。

『眩しい…っ』

「千里みたいに上手に撮れないな。ちび、もう一枚撮らせて」

『俺の写真なんか撮ってもおもしろくないよ？』

写真を撮ることには慣れていても、自分が撮られることには慣れていない。ぎこちなく猫っぽいポーズを取った千里を、携帯電話のカメラが追う。

（そう言えば、事故の後、俺のカメラはどうなったんだろう）

ぐしゃぐしゃに潰れていた自転車を思い出して、千里は無意識に体を震わせた。サブバッグに入れていつも持ち歩いていたカメラも、きっと壊れてしまっただろう。中学生の頃に、両親から誕生日プレゼントにもらった、大事なカメラだったのに。

「ちび、お前の写真を掲示板にアップしたよ」

『……え……っ？』

「ほら」

差し出された携帯電話に、千里は顔をくっ付けるようにして、画面を覗き込んだ。

『里親急募。ちび（仮名）、生後推定一ヶ月、三毛猫、オス。野良の保護猫です。性格は穏やかで甘えん坊。健康診断は良好。五種混合ワクチン接種済み。大事に育ててくださる里親さんを探しています』

子猫の写真とともに、掲示板にアップロードされた、昴の書き込み。昴以外の、知らない誰かのところにもらわれていくのは、とても不安だった。

『昴――』

鳴き声で、心細い気持ちが伝わったらしい。昴が申し訳なさそうに瞳を伏せた。

「ごめんな、ちび。このまま飼ってやりたいけど、お前はまだ小さいし、遠いアメリカには連れて行けないんだ」

昴や家族の人に、これ以上迷惑をかけてはいけない。ただでさえ昴は、飛行機をキャンセルして引っ越しを延期してくれた。もう十分過ぎるくらい、入院中の千里も、子猫の千里も、彼の厚意に甘えている。

「いい飼い主さんを探すよ。俺みたいに中途半端じゃなくて、お前のことをちゃんとかわいがってくれる人がいいな。お前は珍しい猫だから、きっとすぐに里親が見付かるよ」

どこにも行きたくない。本当はここにいたい。でも、アメリカで新しい生活を始める大事な時に、昴の重荷になったら、千里はきっと嫌われてしまう。

自分の気持ちを言葉にできずに、千里は昴の膝で丸くなって、みぃ、と小さく鳴いた。その声があんまり悲しく耳に響いて、千里はますます体を縮こめた。

千里の仕事は、一日の大半を眠って過ごすことだ。人間の子供と同じように、子猫も体の成長を促すために、千里の意思とは関係なく睡眠ばかりとっている。

『……ん……』

猫ベッドの上で、ふと眠りを途切れさせた千里は、薄目を開けた。天井が一部分だけぼんやりと白くなっていて、部屋の隅の勉強机に、明かりが点っている。

(昴、起きてたんだ)

部屋の壁時計は、夜中の一時を示している。何をしているんだろう。こんなに遅い時間に、昴は机の上のパソコンを起動させて、熱心にモニターを見ていた。

千里は猫ベッドから体を起こすと、物音を立てないようにしながら、彼のそばへと近寄った。昴の背中の向こうのモニターには、画像が何枚も並んでいる。そのどれにも見覚えがあって、千里ははっとした。

(俺が撮った写真だ)

一年生の時に昴と出会ってから、ずっと撮り溜めていた、サッカーをしている彼の写真。三年生全員に配布された卒業アルバムとは別に、出来のいい写真を選んで、昴だけのアルバムを作ってプレゼントした。千里が事故に遭う、数日前のことだ。

（……プレゼントした時、昴はすごく喜んでくれた。照れくさかったけど、俺もすごく嬉しかった）

じっと昴を見つめていると、マウスに触れていた彼の指が、一枚の写真にポインタを合わせた。それは千里が撮ったものじゃない。いつだったか、昴がふざけて、千里の肩を抱いて自撮りをしたスナップ写真だ。

逆光気味で、ピントもあまり合っていないその一枚を、昴は飽きずに眺めている。昴の写真は数え切れないほどあっても、二人で並んで写った写真はあまりない。千里がいつも、昴を撮ることに夢中だったからだ。

「……っ」

ギシッ、という椅子が軋む音とともに、昴が片手で頭を抱える。苦悩しているように、大きな背中を丸めながら、彼は囁《ささや》いた。

「千里」

低く重たいその呼び声に、千里はつい応えそうになった。でも、自分が子猫だということを思い出して、口を噤《つぐ》む。

崩れ落ちるように、パソコンのキーボードの上に突っ伏した昴は、泣いているのかもしれなかった。昴がまだ、千里の事故を自分のせいだと思っているのなら、それは間違っている。

（昴は悪くない。事故に遭ったのは俺のせいだよ）

そっと見ているだけのつもりが、千里は無意識に、昴の足元に擦り寄っていた。昴のことを抱き締める代わりに、きゅ、と彼の左の足首に前足を回す。エースストライカーの昴が、格好よくボールを蹴る足だ。

「――ちび？」

目元を腫《は》らした昴が、机の下を覗いて、千里を呼んだ。やっぱり彼は泣いていた。千里も泣きたい気持ちになって、きゅ、きゅ、と前足の力を強くする。

「抱っこしてほしいのか？」

『違う。俺が昴のことを、抱き締めてあげたいんだ』

昴のことを励ましたいのに、抱き上げられて机の上に乗せられる。パソコンの熱をすぐそばに感じて温かい。

「ちび。お前と同じ、注射が嫌いな俺の親友だよ。千里っていうんだ」

昴が指を差した先にある、笑っている二人の写真を、千里も見つめた。この写真が撮られた時は、事故に遭うことも、子猫になることも、全然予想しなかった。

（この時の俺は、昴に自分の気持ちを知られちゃいけないって、怖がってた。嫌われるくら

いなら、親友でいる方がいいって思ってた）

笑顔の自分に、鼻先を近付けてみても、モニターの向こうの写真と入れ替われる訳じゃない。幸せなまま時間を止めた自分と、子猫になった自分は、あまりに違い過ぎる。

「千里はいつも愛用のカメラを持って、サッカー部の練習を見に来てた。あいつの写真の腕前はすごいんだぞ。俺のことをめちゃくちゃかっこよく撮ってくれるんだ」

そう言いながら、昴はマウスをカチカチと鳴らして、部活中の自分の写真を表示させた。

綺麗なフォームでシュートを決める昴。ドリブルで相手を抜き去り、疾駆する姿。ヘディングで競り合う真剣な顔。どれも、ファインダーを通して千里が見た昴だ。躍動する彼の一瞬一瞬を切り取った、かけがえのないものだ。

「千里にいいところを見せたくて、俺は誰よりも部活をがんばってた。俺がゴールを決めたら、千里はすごく喜んでくれるんだ。あいつとは一度もボールを蹴り合ったことないのに、千里はチームのみんなよりも、俺の近くにいる気がしてた」

『昴、昴はそんな風に思っていてくれたんだ。知らなかった』

「……三年の最後の大会は、優勝して、あいつを全国大会に連れて行ってやりたかったな」

『え――』

「サッカーがうまい奴らだけが集まる場所で、俺がゴールを決める姿を見せたかった。ちび、俺はあいつの、一番のエースストライカーでいたかったんだ。恥ずかしくて千里には言ったことないから、俺とお前だけの秘密だぞ?」

昴が人差し指を立てて、千里の口元にそっと触れる。かっ、と上がっていく体温に眩暈《めまい》を覚えながら、千里は頷いた。

『う、うん。誰にも言わない。俺たちだけの秘密だよ』

優勝できなくても、全国大会に行けなくても、昴は千里の中の一番だ。昴以上のエースストライカーを、千里は知らない。

『昴、俺は昴の一番のファンの自信があるよ。毎日昴のサッカーを見てたから。俺は昴のことを撮るために、カメラを持ってグラウンドに通ってたんだ』

最初はグラウンドを囲むフェンスの外で、彼のことを見ているだけだった。昴の方から話しかけてくれなかったら、ただのファンで終わって、親友にはなれなかったかもしれない。

『……親友のままで、気持ちを止められたら、よかったのかな』

昴と距離が近付くたび、どんどん彼のことを好きになる自分が怖かった。ずっと隠しておくつもりだったのに、昴がアメリカへ行くことを知って、抑えられなくなった。

『猫になるって、分かっていたら――。俺には怖がってる時間なんかないって、知っていたら、昴にもっと早く、自分の気持ちを打ち明けたのに』

もし今、人間の姿だったら、昴に伝えたいことがたくさんある。でも、千里の胸の奥にあるものを全部掻き集めたら、たった一つの言葉にしかならない。

『昴。昴のことが、大好き』

青い子猫の瞳に、ありったけの想いを込めて、千里は鳴いた。千里を見つめていた昴が、あ、と小さな声を出す。

「ちび……、今お前、俺のことを好きって言ったろ？」

――通じた。子猫の言葉でも、千里の心は、昴の心に届いた。嬉しくて、嬉しくて、千里は震えながら頷いた。

『うん。……うん……っ』

「ちび」

千里の体が、ふわりと机から浮き上がり、昴の胸へと抱き寄せられる。世界で一番温かなその場所で、千里は夢のような言葉を聞いた。

「俺も、お前のことが大好きだよ」

『昴――』

子猫のちびに向けられた愛情を、自分のものだと錯覚して、青い瞳を潤ませる。すると、昴はぎゅうっと千里を強く抱いて、今度は聞こえないくらい小さな声で囁いた。

「お前が千里だったらいいのにな」

早口のそれは、人間よりも優れた猫の耳でも、うまく聞き取れなかった。もう一度言ってほしくて、にゃあ、と催促をした千里に、昴は頬《ほお》ずりをする。

「ちび、お前を拾ってよかった。お前がそばにいてくれたから、俺は、あいつの目が覚めるのを待っていられる」

『……昴、どういう意味……？』

「俺一人だったら、千里の事故のショックに、多分耐えられない。あいつにしてやれることが何もないのが、悔しいんだ」

『何もなくない。昴がそう思ってくれるだけで、俺は、死ななくてよかったって思うよ』

たとえ魂と体が離れて、子猫の姿でしか命を繋げないとしても、昴に触れられる。声が聞ける。彼のことを、好きだと言える。

「ちび、ありがとう」

『昴』

抱き締めていた力を緩めて、昴は千里を顔の前に持ち上げた。ありがとう、と繰り返し囁いた唇が、視界のすぐそこまで迫ってくる。

「もう遅い時間だから寝ろ」

『うん……』

「猫ベッドまで連れてってやる。おやすみ、ちび」

子猫の狭い額の上で、ちゅ、と小さな音がした。昴にキスをされたことに気付いて、千里の頭の中は真っ白になった。

（え――？　今のって、え……っ？）

くらくら、視界が回って目を開けていられない。初めてのキスに気を失いそうになりながら、千里は昴の胸に凭《もた》れた。

4

昴《すばる》の母親が淹《い》れた紅茶が、部屋の中にいい香りを漂わせている。二つ並んだティーカップの隣には、千里《ちさと》も何度かごちそうになったことがある、手作りのクッキーが添えられていた。

猫は食べられない、チョッコチップをいっぱい練り込んで焼いたそれを眺めていると、頭上で賑《にぎ》やかな声がする。

「びっくりした。この猫ちゃん、病院まで昴について来た子でしょ？　飼ってあげることにしたんだ？」

「放っておけなくなったから、保護したんだ。三毛のオスなんて珍しいだろ」

「うん、すごい！　この間は全然気付かなかった。三毛のオスって本当にいるんだね」

昴の家に遊びに来ていた香奈子《かなこ》が、千里を抱き上げて、んー、と頰《ほお》ずりをした。美人な女の子にそんなことをされたら、気恥ずかしいはずなのに、千里の頭の中は別のことでいっぱいだった。

（昨夜《ゆうべ》、昴に、キスされた。昴の唇が俺の目の前に迫ってきて、ちゅ、って）

自分の額に、昴の唇が触れた瞬間、頭が真っ白になってしまった。曖昧《あいまい》にしか残っていない昨夜の記憶を辿《たど》っていると、昴と同じように、香奈子が唇を寄せてくる。

『う、うわあああっ、駄目っ』

千里は慌てふためいて、リップでつやつやになっている香奈子の唇に、たし、と前足でストップをかけた。何故《なぜ》そうしたのか、自分の行動の意味がよく分からない。でも、昴のキスの感触が残っている場所を、誰にも触れられたくなかった。

「やだ、この子。私のこと嫌ってるみたい。生意気」

『ご、ごめん、香奈子ちゃん。別に嫌ってる訳じゃないんだけど……』

「あんまり馴《な》れてない相手だから、驚いただけだよ。なあ？　ちび」

「この子にちびって名前つけたの？」

「うん。里親が決まるまでの、仮の名前だ」

「里親かあ。ペット禁止のマンションじゃなかったら、うちで飼ってあげるんだけどな」

「ありがと。近所の動物病院の掲示板に書き込みをしたら、一晩ですごい反響があったよ」

昴が差し出した携帯電話を、千里も香奈子と一緒になって覗《のぞ》き込んだ。昴の書き込みに、里親希望のメッセージが百件以上も寄せられている。改めて、オスの三毛猫の人気を感じて、千里は丸い瞳をいっそう丸くした。

『「ちび」を飼いたい人が、こんなにいっぱいいるんだ――』

「三毛のオスだもん、こうなって当たり前だよね。謝礼を出すって人も相当いるみたい」

『本当だ。百万円も払うって…！』

子猫一匹に、そんな価値があるなんて、千里はとうてい思えなかった。里親に名乗りを上げた一部の人たちの、白熱した書き込みが、何だかとても怖い。

「掲示板のルールで、謝礼は禁止されてるよ。俺は別に、お金が欲しくてちびを保護した訳じゃないし」

『か…、かっこいい昴』

「昴かっこいい」

口を揃《そろ》える千里と香奈子に、昴は照れたように苦笑した。

「違うよ、バカ。許可をもらったブリーダーやペットショップ以外は、動物を勝手に売ったらいけないんだ」

「でも謝礼ってお礼のことでしょ？　売ったことにはならないじゃない。それに百万円ももらえるのよ？」

「たとえ俺がブリーダーでも、ちびをそんな安い値段じゃ譲らないよ」

『昴――』

「おいで、ちび」

香奈子の膝《ひざ》の上から、昴の胸へと抱き寄せられる。千里はされるがまま、夢を見ているように、ぽうっと顔を火照《ほて》らせた。

「こいつに値段なんかつけられない。ちびはお金よりもずっと大切な猫なんだ」

格好よくて、優しくて、ちびを大切に思っている昴。どうしよう。好きの気持ちが止まらない。

『昴、――昴』

にゃうん、にゃうん、と呼びかける千里の背中を、昴が大きな掌《てのひら》で撫《な》でる。耳の先にキスをされて、千里は蕩《とろ》けそうだった。

(俺……、ずっとこのままでもいいかも。子猫の『ちび』のままで、昴に甘えてたい……)

昴の子猫への愛情に、思い切り便乗して、ずるいことを考えてしまう。いけないと心のどこかが警告していても、千里は昴に甘えることをやめられなかった。

「懐《なつ》き過ぎじゃない？　もう何年も飼ってる猫みたい」

「かわいいよな。まだ拾って何日も経《た》ってないのに、俺のことを全身で信頼してくれてるんだ」

「かわいいから待ち受けに撮っちゃお。昴、ちび、こっち向いて」

香奈子に携帯電話のカメラを向けられても、千里はいやいやをして、昴の胸にしがみ付いた。毛に隠れているけれど、千里の顔は真っ赤だ。こんな顔を写真に撮られたくない。

「もう、どうして私には全然懐いてくれないの？　昴どういう教育してんのよ」

「俺は何も教えてないよ。昨日撮ったちびの写真、香奈子のスマホに送ってやるから」

昴はそう言うと、千里を肩に乗り上がらせて、片手で携帯電話を操作した。画面をすいっと撫でた人差し指が、しばらくして不意に止まる。

「あ…、沢登《さわのぼり》先生からメールが来てる。何だろう」

「沢登？　誰それ」

「ちびを診察してもらった動物病院の先生。えっと――、『昨日は来院ありがとうございました。当院の掲示板を活用してくれて嬉《うれ》しいです。私の知人の、猫の愛好家の方が、ちびくんの里親になりたいと申し出てくれました。まだ里親が決まっていないようなら、ぜひ知人との面談を検討してみてください』、だって」

「病院の先生のツテなら、安心できそうじゃない？」

「うん…、いきなり謝礼だ何だ言ってくる人よりは、まあいいかな」

『嫌だよ、昴。俺はあの悪魔の先生の知り合いになんて、会いたくない』

千里は後ろ足の片方を伸ばして、昨日ワクチン注射をされた背中を摩《さす》った。せっかく昴のそばで至福の時間を過ごしていたのに、水を差すのはやめてほしい。

「面談か。あんまり迷ってる時間はないしな――、ちび、どうする？　もう一回病院に行って、先生と話してみようか」

『あの先生嫌いだ。俺は昴と一緒にいたい』

「昴、この子すごく嫌がってるみたい。顔に嫌だって書いてある」

「本当だ。昨日の注射をまだ怒ってるんだろ？　分かりやすいな、お前」

デコピンをするように、昴が千里の額を指先で突っつく。昨夜キスをされたところが、ぽっとまた熱くなった。

(昨日のこと、思い出しちゃうよ、昴)

あのキスは、紛れもない千里のファーストキスだった。昴を好きになってから、彼に触れてみたいと思ったことは何度もある。でも同じだけ、触れてはいけないとも思っていた。

親友は親友にキスをしたりしない。昴に時折、頭を撫でられたり、肩を抱かれたりするだけで、どきどき心臓が壊れそうになっていたことを、千里は隠していた。叶《かな》わない夢のはずだったキスを、昴の方から叶えてくれた。嬉しい――。

(体じゅうが、ふわふわ、する)

一度夢が叶ったら、もう一度叶えたいと思うのは、欲張りだろうか。昴ともっとキスがしたい。

『昴』

「ん？　どうした、ちび。腹が空いたのか？」

『昨夜したみたいに、して』

熱を上げていく額を、千里は体全体で伸び上がるようにして、昴へと差し出した。

子猫の姿でなかったら、こんなに大胆なことはできない。うるさい鼓動にせっつかれながら、小首を傾《かし》げた昴の唇に、自分の方から額を近付ける。

「昴！　……昴！　香奈子ちゃん！」

もう少しでキスができそうだったのに、部屋の外から聞こえてきた声に邪魔をされた。ドンドン、とドアを賑やかにノックして、昴の母親が駆け込んでくる。

「母さん？　どうしたの」

「昴、今、千里くんのお母さんから電話があって、面会謝絶が解けたって」

「え……っ」

どくん、と昴の胸が大きく鳴った。それと呼応するように、浮《うわ》ついていた千里も我に返った。

「おばさん、千里くんの意識が戻ったの⁉」

「いいえ、それはまだみたい。脳波とケガの具合が安定したから、少しなら面会できるそうよ。昴、車で送るから行ってあげなさい」

「う、うん。すぐ行く！　香奈子、ちびのことをちょっと見ててくれるか？」

「分かった。ちび、こっちにおいで」

『俺も病院に行く！　昴と一緒に連れて行って！』

千里は昴の肩の上で、必死に懇願した。たとえ病院の中には入れなくても、ここでじっとしてはいられない。自分の体が快方に向かっているのか確かめたい。

「ちび、手を消毒しなきゃ面会に行けないから、ちょっと離れて」

『お願い、昴！　俺も行かせて！』

「ちび…？」

「もう、みぃみぃ鳴かないの。我儘《わがまま》言ってると叱られるわよ。こっちに来なさい」

『離してよ、香奈子ちゃん……っ』

香奈子に昴と引き離されて、千里は暴れた。昴がすまなさそうな顔をしながら、洗面所へと駆けていく。それから間もなく、昴は母親が運転する車で、病院へと向かっていった。

『俺も病院に行きたい。入院してるのは俺だ。俺が行かなくちゃいけないんだ』

香奈子と留守番をすることになった千里は、強制的に座らされた猫ベッドの上で、ふーっ、と毛を逆立たせた。怒っている千里の顔を覗き込んで、香奈子が首を振る。

「昴の邪魔しちゃ駄目。――昴の親友が入院してるの。何日も意識を失ってて、昴はその人のことで頭がいっぱいなのよ」

『でも…っ』

「不思議だよね。昴は千里くんと高校に入って知り合ったのに、私みたいに小学校からずっと一緒の幼馴染《おさななじみ》よりも、気が合うみたい。昴にあんなに心配してもらえて、千里くんのことが、ちょっと羨《うらや》ましいな」

『え――？』

「……事故に遭ったのが私だったら、昴は同じように心配してくれなかったと思う」

香奈子の声が急に小さくなって、いつも勝ち気で潑剌《はつらつ》としている顔が、寂しそうに曇っていく。香奈子のそんな顔を見たのは初めてだったから、千里は戸惑った。

『香奈子ちゃんのこと、昴は大事に思ってるよ？　クラスの他の女の子とは、家に呼んで遊んだりしないし。俺は、俺の知らない昴をたくさん知ってる、幼馴染の香奈子ちゃんの方が羨ましい』

「ねえちび、あんたって人に話しかけるみたいに鳴くよね。今何て言ったの？」

『香奈子ちゃんのことが羨ましいって、言ったんだ』

香奈子を置いて家を留守にできるくらい、昴も、昴の母親も、彼女のことを信頼している。いくら千里が親友でも、子供の頃から一緒に過ごしてきた昴と香奈子の間に、簡単に割り込めるとは思えなかった。

『香奈子ちゃんは、昴にとって特別な女の子なんだ。まるで家族みたいな……』

焼きもちがまた、千里の胸の奥にむくりと顔を出してくる。自分と香奈子を比べたってどうしようもないのに。

（子猫の姿で、昴に甘えていても、ただのペットでしかない。ペットとしても、長くは昴のそばにいられないんだ）

親友でもない、幼馴染でも家族でもない、里親にもらわれていく運命の子猫に、いったい何ができるだろう。元の自分の体に戻る方法も分からないまま、昴との別れは容赦なく、刻々と近付いている。

千里は部屋の壁に掛けられたカレンダーを見上げて、大きく丸のついている、卒業式までの日にちを数えた。

（あと一週間……。昴がアメリカへ行く前に、俺にできることは本当に何もないのか、考えなくちゃ）


千里の面会謝絶が解けた日から、昴は毎日病院のＩＣＵに通い続けた。ガラスの大きな壁で隔てられた、医療機器に囲まれたベッドに横たわる千里に、彼は時間の許す限り付き添っている。

自発呼吸が回復した千里は、人工呼吸器は外されたものの、まだ目覚めない。小康状態を保ちながら、手術の痕《あと》や全身のひどい打撲傷は、少しずつ、そして着実によくなっていた。

事故が起きてから八日目。今日は卒業式の前の最後の登校日で、昴は朝から学校へ行っていた。

「ちびちゃん、おばさん引っ越しの手続きで、市役所に行く用事ができちゃったの。一人でお留守番できる？」

『はい』

「昼過ぎには昴も帰ってくると思うから。お水と、おやつのミルクゼリーをここに置いておくわね。少しずつ食べるのよ？」

『はい。おばさん、行ってらっしゃい』

昴の母親を玄関まで見送ってから、千里はとととっ、とリビングに戻って、腹ごしらえをした。一人ではなかなか外出をさせてもらえない千里にとって、今日は千載一遇のチャンスだ。離乳食も兼ねているゼリーを、かっかっ、と不器用に齧《かじ》って、水と一緒に飲み込む。

『ごちそうさまでしたっ』

前足で合掌をしてから、千里はバスルームの脱衣所へと駆けて、洗濯機より高い位置にある小窓へ飛び移った。外壁に取り付けた格子で守られているこの窓は、普段あまり鍵をかけられていない。よいしょ、と窓を開けると、千里は格子の間を擦り抜けて、庭先へと降り立った。

『おばさん、留守番するって嘘をついて、ごめんなさい』

窓に向かって、ぺこりと頭を下げてから、一人きりの外出に繰り出す。今日はどうしても、千里は行きたい場所があった。昴のいる学校に向かって、リズミカルに足を跳ねさせる。

『クラスのみんなや、写真部の友達に会いたい。里親にもらわれたら、もう会えないかもしれないんだ』

千里の里親募集の掲示板には、あれから続々と引き取り手の書き込みがあって、昴は返信のメールを送る作業に追われている。住所が近い里親希望者とは、実際に昴と一緒に会いに行って、面談のようなことをした。でも、相手が三毛猫のオスを転売する目的だと分かると、昴はその人に、千里を触れさせもしなかった。

「転売するような人が、動物を本当に好きだとは思えない。ちび、お前のことを大事にしてくれる人を探そうな」

昴はそう言ってくれたけれど、実際は転売目的の人からのアプローチが後を絶たなかった。結局、里親はまだ決まらないまま、千里は昴の家で居候をさせてもらっている。千里にとっては嬉しい状況でも、昴のアメリカ行きが間近に迫っているのは、変わらない事実だった。

『は…っ、はっ。あ――、昴と最後に話した公園だ。ちび、お前と会った場所だよ』

蕾《つぼみ》の膨らんだ桜の木や、植え込みの陰に、ちびの母猫や兄弟猫がいるかもしれない。でも、今は仲間を探してやる時間はなかった。

通学路を駆ける途中、裏道を何本も通って、自分の家に立ち寄ってみる。随分久しぶりに帰ってきた気がして、家の表札を見ただけで、千里は胸がしくんと痛んだ。

『父さんはきっと仕事に行ってるな。母さんは……』

門扉《もんぴ》の下の隙間に潜り込んで、玄関から庭へと回ってみる。ふと二階のバルコニーを見上げると、物干し竿《ざお》でタオルやパジャマがはためいていた。

『母さん』

洗濯物を干していた母親が、風で乱れた髪を手櫛《てぐし》で整えている。少し痩《や》せた頬と、どこか虚《うつ》ろな母親の瞳が、見ていてとてもつらかった。

『それ、俺の洗濯物だよね。母さんも父さんも、毎日俺に会いに病院に行ってるって、昴が言ってた。ごめんね。俺……っ、いっぱい心配かけて、ごめんなさい』

バルコニーに向かって、謝ることしかできない自分が悔しい。にゃあにゃあ鳴いている千里に気付いて、母親が驚いたような顔をする。

「子猫……？　どこから入ってきたの？」

庭を見下ろして、話しかけてきた母親に、千里はぴょんぴょん跳ね回って訴えた。

『俺、元気だから！　大丈夫だから！　こんなにぴんぴんしてるよ！　病院にいる俺も、絶対目を覚ますから、母さん安心して！』

「首輪がないわね。ミルクをあげたら飲むかしら。お庭で遊んでもいいけど、花壇にいたずらしちゃ駄目よ？」

『うん…っ』

ちょうどその時、リビングに置いてある家の電話が鳴り始めた。洗濯物を干すのを途中でやめて、母親がバルコニーから一階へ下りてくる。

「はい、緒川です。あ——はい、お世話になっております」

リビングの大きな窓越しに、電話に出る母親を見つめて、千里は鳴いた。

『俺、目を覚ましたら母さんの言うこと何でも聞くよ。だから、俺がこの家に帰ってくるまで、もう少し待ってて。母さんもちゃんと休んでね。父さんも。じゃあ俺、今日は登校日だから、行ってきます』

再び通学路に戻った千里は、家から学校まで一気に駆けた。

近くの駅から校門まで続く桜並木は、あと一週間もすれば開花するだろう。敷地の裏山に竹林を持つ鶯凛《おうりん》高校は、笹を好む鶯《うぐいす》がたくさん生息していることが、校名の由来になっている。校歌にも鶯が登場し、校章のモチーフも鶯という徹底ぶりだ。

青銅でできた校門をくぐって、千里は三年生の教室がある主校舎を目指した。今日は一、二年生は休みのせいか、校内は静かな空気が漂っている。主校舎の中央階段を上がった先に、千里と昴が在籍する三年四組の教室があった。

(――誰もいない。ホームルームは終わったのかな)

無人の教室をきょろきょろ眺めて、千里は自分の席に駆け寄った。そこから教壇に向かって右斜め前にあるのが、昴の席だ。つまらない授業の時は、千里はいつも、ぼんやり昴の後頭部や背中を見つめて過ごしていた。すると、昴は決まって千里の視線に気付いて、休み時間にからかってきた。

「また俺のこと見てただろ、千里」

「見てないよ――」

「熱ーい視線を感じるんだよなあ。千里の席の方から」

「ああ、昴の背中に『バカ』って書いた紙がついてるから、気になって」

「えっ？　嘘！」

「うっそー」

「千里、お前なあっ」

たわいもない思い出が、泡のようにふわりと頭の中に蘇《よみがえ》ってくる。この教室には昴と過ごした時間が詰まっていて、千里は胸がいっぱいになった。

『昴、どこにいるんだろう。クラスのみんなも』

千里は昴が使っていた机の脚を、そっと尻尾《しっぽ》で撫でてから、教室を出て行った。人気《ひとけ》のない廊下を歩いていると、体育館の方から校歌の合唱が聞こえてくる。きっと卒業式のリハーサルだ。

千里は階段を駆け下りて、主校舎から渡り廊下で繋《つな》がっている体育館を目指した。だんだん大きくなる合唱の声が、千里の足を急《せ》かしている。

『昴……っ』

千里は体育館に辿り着くと、出入り口の扉の隙間《すきま》から、卒業式のために綺麗《きれい》に清掃された館内を窺《うかが》った。クラス別に整列した三年生たちの中に、昴もいる。

長身で姿勢のいい彼は、遠くからでもよく目立っていた。校歌が終わると、各クラスを代表して、学級委員長が卒業証書を受け取る練習や、生徒会長の答辞の練習が、式のプログラム通りに行われた。今日しか学校に来られない千里にとっては、このリハーサルが、本番の卒業式と同じだった。

（香奈子ちゃんも、写真部のみんなもいる。俺もみんなと一緒に、あそこにいるはずだったのに）

体育館の外からこっそり見ている千里のことを、昴もみんなも、誰も気付かない。リハーサルが進むごとに、千里は寂しくなってきて、その場所を離れた。

しゅん、と小さな頭を垂れながら、学校に来たことを後悔する。普通の高校生でいられなくなった千里には、教室にも体育館にも、居場所がなかった。

『……帰ろうかな。昴のおばさんに黙って出てきちゃったし』

とぼとぼ下を向いて歩いていた千里は、いつの間にか校舎を通り過ぎて、裏手の自転車置き場に着いた。登下校で必ず通る場所だから、頭が覚えていたらしい。整然と自転車が並ぶそこに、リハーサルを終えた三年生たちが、ぞろぞろと現れる。

「あ、三毛猫がいる」

「今日は学食も売店も閉まってるぞ、にゃんこ」

『ご…、ご飯をもらいに来たんじゃないよっ』

違うクラスの生徒に、ははは、と笑ってからかわれて、千里は怒った。でも、子猫と人間ではケンカにならない。

しばらく自転車置き場をうろうろしていると、三年四組の区画で、昴の自転車を見付けた。子猫になった日、その自転車の前カゴに、昴が乗せてくれたことを覚えている。ここで彼を待っていたら、家まで一緒に連れて帰ってくれるだろうか。

（叱られるかな。勝手に外へ出るなって）

首輪をつけていない千里は、家の外にいると野良猫に間違われて、誰かに拾われてしまうかもしれない。どんなに昴が子猫の千里を大切にしてくれても、首輪を使おうとしないのは、彼が自分のことを、正式な飼い主ではないと思っているからだ。

（そういうところは、すごく真面目なんだ。昴は小さい動物が相手でも、いい加減なことをしない）

里親が見付かるまでの居候猫は、飼い猫とは違う。裸の首が急に寒くなった気がして、千里は自転車置き場の屋根の下で蹲《うずくま》った。

三年生があらかた下校し、自転車の数が残り少なくなっていく。蹲ったまま、じっと昴を待っていると、校舎の方から香奈子の声が聞こえてきた。

「――昴！　ちょっと待ってよ、昴…っ。今日はみんなでお別れ会をするって言ったでしょ。急に帰るって、どうして？」

「みんなには後で謝っとく。香奈子は顔出して来いよ」

「昴！」

大股《おおまた》で歩く昴を追って、香奈子が彼の後ろを駆けてくる。千里は咄嗟《とっさ》に、近くにあった掃除用具入れの陰に隠れて、二人の様子を窺った。

「昴のお別れ会なのに、昴が来ないと意味ないよ」

「千里のお母さんから連絡があったんだ。あいつ、ＩＣＵを出て、外科の病室へ移ったって。俺も病院へ行ってくる」

千里の耳が、緊張したように、ぴんと跳ねた。家に立ち寄った時、リビングで母親が取った電話は、病院からの連絡だったのかもしれない。

「千里くんには家族の人がついてるから、大丈夫だよ。みんなもう『カラ広』に集まってるし、私たちも早く行こう？」

カラ広――『カラオケ広場』は、鷲凜高校の生徒なら誰でも知っている、駅前のカラオケボックスだ。千里も昴や他の友達と何度か行ったことがある。

「ごめん。俺は行かない」

香奈子に向かって、昴は静かに首を振った。自転車の鍵を開けて、サドルに跨《また》ろうとした彼を、香奈子は止めた。

「昴、みんなが昴と一緒にいられるのは、あとちょっとなんだよ？　千里くんも大事だけど、他の友達のことも考えて」

「……みんなとは、会わなくても電話できるし、メールもできる。でも千里は違うんだ」

「じゃあ、私は？　私だって、昴と一緒にいたいよ」

「香奈子――？」

「私のことも、もっと考えてよ。私は……っ、昴のことが好きなんだから」

一瞬、時間が止まったようだった。昴を見つめる香奈子も、自転車のハンドルを握り締めた昴も、二人のことを見ていた千里も、揃って黙り込む。自転車置き場に流れた沈黙を、綺麗な顔を真っ赤にした香奈子が破った。

「私は、子供の頃から、ずっと昴のことが好き。昴の彼女になりたいって、ずっと思ってた」

「香奈子、待って。俺は」

「遠いアメリカへ行っても、私、昴を好きでいる自信あるよ。――私を昴の彼女にして。付き合ってよ」

千里は息をひそめながら、香奈子の告白を聞いていた。時々言葉を詰まらせて、香奈子は一生懸命に想《おも》いを伝えようとしている。

（やっぱり、香奈子ちゃんは、昴のことが……）

千里と香奈子は、同じ人を想っている。盗み聞きをしている罪悪感と、昴を取られたくない独占欲を抱えて、千里は俯《うつむ》いた。後ろ足の間に巻き込んだ尻尾が、複雑な気持ちを無意識に表している。

（香奈子ちゃんは、勇気を出したんだ。昴と幼馴染のままでは嫌だったんだ）

親友でいられなくなるのを怖がって、自分の想いを隠してきた千里よりも、香奈子の方がずっと潔い。まっすぐに告白した香奈子のことを、きっと昴は受け止めるだろう。二人はお似合いの恋人になる――。

でも、千里の悲しい予想は、当たらなかった。

「香奈子。ごめん」

昴の声が、自転車置き場のコンクリートの足元に、小さく落ちていく。香奈子の瞳がみるみる涙で潤んで、やがて白い頬に雫《しずく》が伝った。

「俺は、香奈子のことを、幼馴染以上には思えない」

「昴……」

「香奈子とはこれからも、友達でいたいって思ってる。お前の気持ちに応えられなくて、ごめん」

昴はもう一度謝ると、香奈子をそこに残して、自転車を押した。一人で去っていこうとしている昴を、香奈子の涙混じりの声が、切なく呼び止める。

「昴。友達でいてあげるから、卒業式が終わったら、昴の制服のネクタイが欲しいな」

「え……」

「私の制服のボタンと交換しよう？　私をふったこと、それで許してあげる」

ぽた、とまた涙を零《こぼ》して、香奈子は無理に笑った。鶯凜高校には、卒業式にまつわる有名なジンクスがある。制服のネクタイとボタンを交換した二人は、その後もずっと一緒にいられるという、恋のジンクスだ。

「俺のネクタイは、もう渡す相手が決まってるんだ」

「昴、それ…、どういうこと？」

「――俺には好きな人がいる。制服のボタンは、その人からもらうよ」

『え……っ』

掃除用具入れの陰で、千里は思わず短い声を上げた。どくっ、と嫌な音を立てて、千里の心臓が暴れ出す。

（昴に好きな人がいたんだ。……誰？　俺が知ってる人――？）

千里は戸惑いながら、同じクラスの女の子や、サッカー部の女子マネージャーの顔を思い浮かべた。人気者の昴に、好意を持っている女の子はたくさんいる。でも、昴が誰かのことを好きだと言ったのは、これが初めてだった。

（……親友なのに、何も知らなかった。昴、どうして俺に教えてくれなかったの……？）

三年間ずっと同じクラスで、毎日一緒にいて、いろんな話をしたのに、昴は好きな人がいることを千里に秘密にしていた。まるで自分には無関係だと言われているようで、千里は悲しかった。

「香奈子、俺もう行くから」

「あ……っ、昴、待って」

「病院の面会時間、短いんだ。送ってやれないけど、卒業式の時に、またな」

自転車に乗って下校していく昴を、香奈子も、千里も、ただ見つめているしかなかった。

昴の後を追おうと思うのに、前足も後ろ足も全然動かない。

ぐすん、と洟《はな》を啜《すす》った香奈子が、泣き止《や》もうと目を何度も擦《こす》っている。そんなに強く擦ったら、瞼《まぶた》が赤くなって腫《は》れてしまうのに。

『……香奈子ちゃん……』

千里は心配で、香奈子のことを放ってはおけなかった。

千里と香奈子は同じだ。昴に——好きな人に、ふられてしまったのだ。

（香奈子ちゃんの気持ち、俺だけが、分かってあげられる）

昴に告白もできないまま、こんな形で、彼の秘密を知ってしまうとは思わなかった。親友を好きになった千里の恋は、もう実らない。昴には他に好きな人がいる。

「昴のバカ。あんなにきっぱりふることないじゃない」

『——香奈子ちゃん』

にゃにゃっ、とわざと元気な声で鳴いて、千里は香奈子に駆け寄った。ローファーを履いた細い足が、きゃっ、と跳ね上がる。

「びっくりした！　ちび？」

『うん』

「何であんたこんなところにいるの？　もう…っ、脅かさないでよ」

まだ両目に残っていた涙を、慌てて拭《ぬぐ》って、香奈子は千里を抱き上げてくれた。

「もしかして昴に会いに来たの？　さっきまでここにいたんだけど、帰っちゃったよ？」

『知ってる。香奈子ちゃんと昴のこと、全部見てたんだ。ごめんね』

「ねえちび、昴のこと引《ひ》っ掻《か》いてやってくれない？　あんたの爪なら、痛くないでしょ」

『分かった。後でこっそり、猫パンチしとくよ。俺の分も』

了解のしるしに、千里は右の前足を伸ばして、香奈子の前髪に触った。香奈子が泣き止んで、元気になれるように、ぽふぽふとそこを撫でる。

『よしよし』

「ちょっと――、何よぅ、やめなさいよ」

『よしよし。香奈子ちゃんはかわいいし、頭もいいし、大学に行ったらすぐに彼氏できるよ。大丈夫』

ぐす、とまた香奈子が洟を啜る。鼻の先まで真っ赤になって、クラス一の美人が台無しだ。

「前髪乱れるじゃない。私のこと慰めてる……訳ないよね？　変な猫」

『変じゃないよ。ちょっと俺が入ってるだけ』

「ちび、あんたにこんなこと言っても分からないと思うけど、私ね、ずっと好きだった人にふられたの。私のこと、昴は幼馴染にしか見えないんだって」

香奈子は千里を抱き締めて、ぽろぽろと涙を溢《あふ》れさせた。耳の先に落ちてきた、温かい雫を感じて、千里も泣き出しそうになる。

『俺も、同じだよ。大好きなのに、昴の親友にしかなれない』

「私――、高校に入る頃までは、昴の一番は、私だって思ってた」

『香奈子ちゃん』

「いつの間にか、そうじゃなくなってたみたい。昴のバカ。……大嫌い」

大好きの裏返しの言葉を呟《つぶや》いて、香奈子は泣いた。香奈子に抱き締められながら、千里は歯を食いしばって、涙を我慢した。

告白する勇気がなかった、千里の恋。失恋をしたのに、昴のことを少しも嫌いになれなくて、千里はどうしていいか分からなかった。

「――お湯の温度はこれくらいかな。ちび、流すから目を瞑《つぶ》って」

泡だらけでバスルームの椅子に座っていた千里は、言われた通りに、ぎゅっと瞼を閉じた。優しいシャワーが千里の体を洗い流し、泡の下から、綺麗になった三色の毛が現れる。

動物病院でワクチン注射をしたせいで、何日も入浴できなかった。清潔な匂いに包まれて、ほ、と息をついた千里に、シャワーを止めた昴は呟いた。

「偉いな、ちび。野良暮らしをしてたのに、水を全然怖がらない」

『……うん。お風呂気持ちいいよ』

「少しだけお湯に浸かるか？　バスタブはお前には危ないから、洗面器にしとこう」

昴がお湯を張ってくれた洗面器に、ゆっくりと体を浸ける。昴が自分の体を洗っている間、千里は洗面器の縁《ふち》に前足を乗せて、ぼんやりと彼のことを見上げた。

とても同じ高校三年生には思えない、均整の取れた筋肉質の体。昴の割れた腹筋と、発達した長い足が、まるで彫刻のように見える。裸の昴が間近にいることに、千里はどきどきして、彼から目を逸《そ》らせなかった。

昼間、病院の見舞いから帰ってきた昴は、彼の母親と随分真剣に、千里の容体について話し込んでいた。ＩＣＵからは出られたものの、まだ意識不明の千里が移った先は、外科病棟の重症患者用の個室らしい。主治医の先生が、最も危険な命の峠は越えたと診断したと聞いて、千里はほんの少しだけ安心できた。

（大丈夫だ。俺がこうして生きてるんだから、俺の体も、いつか目が覚める）

本当にその日が来るのかどうか、千里も、昴も、主治医の先生も、誰も分からない。これから先のことを考えていると、否応なく気分が暗くなってきて、千里はぱしゃん、と尻尾でお湯を撥《は》ねさせた。

「ちび、そろそろ出るぞ。あんまり長く入ってるとのぼせる」

昴は自分の体を拭《ふ》くのもそこそこに、乾いたタオルに千里を包んで、バスルームを出た。千里の毛の水分をしっかりタオルで吸い取ってから、ドライヤーで乾かしてくれる。

（いたれりつくせりって、こういうことなのかな）

ぶおぶお、ドライヤーの一番弱くした風に吹かれて、千里は目を細めた。昴に拾われて、この家に連れて来られた時から、甘えてばかりだった気がする。昴が優しくしてくれるから、子猫の姿をいいことに、当たり前のように何でも彼に委《ゆだ》ねていた。

（でも、昴は子猫のちびの飼い主でも、俺のものでもないんだ。昴には、好きな人がいる。昴はその人のものなんだ）

親友の千里に一言も打ち明けないくらい、昴はその人のことを秘密にして、大切に思っている。昴にそこまでさせる人は、いったい誰だろう――いくら考えても思い浮かばない。

（俺の知らない人なのかな。他の学校の女の子とか。昴はサッカーで結構有名だったから、他校にファンの子がいても不思議じゃない）

気になって仕方がないのに、千里の頭の中に浮かぶ女の子の顔は、つるんとしたのっぺらぼうだった。しばらく考え込んでいると、ドライヤーの音が止んで、女の子の代わりに昴の顔が目の前をいっぱいにする。

「ちび？　さっきからおとなしいけど、のぼせたのか？」

『う、ううん。平気。ドライヤーありがとう。だいぶ乾いたみたい』

「前にこの家で飼ってたサクラは、シャワーもドライヤーも大嫌いで、そこらじゅう暴れて逃げ回ってたんだ。お前は注射以外は本当に手のかからない猫だな」

「そうでもないわよ、昴。ちびちゃんったら、お昼間に勝手に家を抜け出して、お外を散歩していたみたいなの」

キッチンで猫用の食事を作っていた昴の母親が、トレーを片手に歩いてくる。リビングのソファに座っていた昴は、ドライヤーを置いて、こら、と千里を叱った。

「外に出る時は、俺か母さんが一緒じゃなきゃ駄目だ。お前はちっちゃいから、拾われて連れて行かれちゃうぞ」

『ごめん――。今日は登校日だっただろ？　俺も学校に行きたくて』

「私が目を離したのもいけなかったのよ。香奈子ちゃんが連れて帰ってきてくれて、よかったわ。もう黙って出てっちゃ駄目よ？　ちびちゃん」

『はい』

「香奈子が？」

「ええ、学校で偶然見付けたって。――そう言えば香奈子ちゃん、少し元気がなかったわ。お茶を飲んでいったら？　って誘っても、遠慮をしてたし。何かあったのかしらね」

昴は、きゅ、と唇を引き結んで、何も答えなかった。昴と香奈子の間に起きたことは、千里しか知らない。香奈子の想いを受け止めなかった昴は、今まで通りの幼馴染の関係を続けられるだろうか。

（きっと香奈子ちゃんは、こうなることも覚悟の上だったんだろうな。昴も、分かっていて香奈子ちゃんをふったんだ）

勇気を出して告白をした代償は、残酷で、でもお互い自分の心に正直な、純粋な結果だった。気まずかっただろうに、学校からこの家まで送り届けてくれた香奈子に、千里は強さも優しさも、とうてい敵《かな》わない。

昴に好きだと告げないまま、親友の顔をして彼のそばにいた自分が、とてもずるい人間に見える。

（香奈子ちゃんはいい子なのに、昴は、他の女の子の方が好きなの――？）

悲しいとも違う、悔しいとも違う、名前をつけるのが難しい、このもやもやした感情は何だろう。顔も知らない女の子に焼きもちを焼いているような、とても嫌な気持ちだ。

「ちびちゃん、ご飯よ。夕ご飯はミルクを半量と、柔らかいササミに挑戦してみましょうね」

いつものように、口元に哺乳瓶を宛《あて》がわれて、千里はむずかった。何故だかミルクの匂いが鼻について、哺乳瓶を銜《くわ》えられない。

「あら？　ミルクはもう卒業かしら。ササミを食べてみて」

子猫の歯でも食べやすいように、小さく切ってあるササミを、千里は一つだけ口にした。でも、飲み込めなくて吐き出してしまう。

「ちび――？」

息が苦しくて、けふ、と千里は咳《せ》き込んだ。胸の上の方を、昴が軽く叩《たた》いてくれたおかげで、口の中に残っていたものが全部出ていく。

『ご、ごめん。テーブルとソファ、汚した』

「ちび、大丈夫か？　ササミは初めてだから、びっくりしたんだろ」

「まだちびちゃんには早かったのね。別の離乳食を考えるわ。ごめんなさい」

心配そうに、お腹《なか》を摩ってくれた母親に、千里は首を振った。今日はたくさん歩いて、お腹が空いているはずなのに、食欲が湧《わ》かない。

（おばさんが、せっかくご飯を作ってくれたのに……）

何とかミルクだけ飲もうとしても、体が受け付けなくて、やっぱり駄目だった。ぐったりとソファに伏せた千里を、昴が抱き上げて、彼の部屋に置いてある猫ベッドへと連れて行く。

「今日はもう休もう。シャワーがよくなかったのかもしれない。ご飯は明日まで様子を見ような」

『昴……』

昴は新しいタオルを数枚持ってきて、猫ベッドをいっそうふかふかにしてくれた。温かいそこに体を横たえて、しばらくじっとしていると、眠気で瞼が重たくなってくる。

「ちび、お前まで具合が悪くなったら嫌だよ」

昴の声と、タオルの上から撫でてくれる優しい手。それはミルクよりも、千里が欲しいものだった。

(俺のものじゃないのに。昴、俺は我が儘かな)

眠気に抗《あらが》って、千里は昴へと前足を伸ばした。彼の方から差し出された人差し指に、前足を乗せて、形だけ手を繋ぐ。

『しばらく、昴とこうしてたい』

急に体調を崩して、弱気になっているのかもしれない。昴の温《ぬく》もりを感じていたくて、彼の長い指を離せない。

「……ちび、お前は時々、あいつとそっくりなことをするな。今日、千里のお見舞いに行って、あいつの手をこんな風に握ったよ」

『本当——?』

「ICUでは、ベッドのそばまで行けなかったから、あいつが外科の病室に移れて嬉しかった。俺の手を握り返してくれたら、もっとよかったけど……。このままだと、意識不明のあいつを残したまま、俺はアメリカへ出発しなきゃいけない」

落胆したように、昴が溜息《ためいき》をつく。千里は病院にいる自分の代わりに、昴の指を、ぎゅ、と前足で挟んだ。

「ちび？」

『猫の手でよかったら、いっぱい握り返せるよ。昴が向こうへ行っても、俺は俺でがんばるから、気にしないで』

「——あったかいな、お前の手。最初に拾った時より、少し大きくなったか？」

『まだここへ来て一週間くらいしか経ってないのに。そんなに早く育たないよ』

この一週間は、高校の三年間の中で、一番昴のそばにいられた時間だった。こんな夢のような話、多分、誰に言ったって信じない。子猫になって、好きな人の家に居候をしているなんて。

この時間が永遠に続けばいいと、何度思ったかしれない。でも、それはできないことだ。

千里は部屋の壁のカレンダーを見上げて、また一日、昴との別れの日が近付いたことを確認した。昴がアメリカへ発つ卒業式の日まで、今日を入れてあと三日しかない。

昴は千里に触れていた人差し指をそっと離すと、猫ベッドの隣に寝そべって、携帯電話をいじり始めた。彼が仰向《あおむ》けになっているせいで、千里にも電話の画面が見えてしまう。里親募集の掲示板にアクセスした彼は、たくさんの里親希望者のメッセージを見て、また溜息をついた。

「今日もモテモテだな。ちび」

一人一人、昴はメッセージの内容をよく読んでから、返信をしていく。誠実そうな希望者も数人いたのに、悩んだり迷ったりしながら、彼は全員にお断りのメールを送った。

「……あぁあ、卒業式はもうあさってだ。早く里親を決めてやらなきゃいけないのに」

携帯電話をその辺に置いて、昴は、千里を猫ベッドごと抱え込んだ。

「お前を手放したくないよ。駄目だって分かってるけど、ずっと俺のそばにいてほしい」

『昴――』

子猫のちびに言った彼の言葉が、人間の千里に言った言葉へと、勝手に変換されていく。都合よく働く自分の耳に呆《あき》れながら、千里は小さな声で、昴を呼んだ。

『昴。俺のことを、もう一回抱き上げて』

千里はタオルに埋もれていた体を起こすと、昴の頬に自分の頬を擦り寄せた。そのまま逞《たくま》しい首にしがみ付いた千里を、昴が大切そうに抱き寄せる。

「どうした。さっきは眠たそうにしてたのに、俺がうるさくしたから、起きちゃったか」

『昴のことを、たくさん感じていたいんだ。俺も昴のそばにいたい』

昴に好きな人がいることを知っても、失恋しても、膨れ上がる彼への想いに抗えない。

(好き――。大好きだよ。昴)

もう猫の声でさえ、片想《かたおも》いを告げることができなくて、千里は心の中で繰り返した。昴の温もりも、匂いも、失いたくない。

しがみ付いて離れない千里を、まるで赤ちゃんをあやすように撫でながら、昴は立ち上がった。

「お前が眠るまで、こうしてような」

昴の心臓の音と、甘い匂い。千里を寝かし付けながら、ゆっくりと部屋の中を歩いていた昴は、不意に足を止めた。

千里が顔を上げると、壁際に置いてある姿見に、自分と昴が映っている。千里を抱いている彼の視線は、姿見ではなく、その近くに吊《つ》ってあった制服へ向けられていた。

「ちび、俺の上着をお前に貸したことがあっただろ。俺はあげたつもりだったけど、次の日になったら、玄関の前に、泥だらけになってこの上着が落ちてた。あれは、お前が返しに来てくれたのか?」

『――うん』

まだ昴が、千里を家に連れて来る前の話だ。子猫が元いた公園の植え込みの陰に、昴は丸めた上着を猫ベッドにして、寒さをしのげる場所を作ってくれた。

『大事な制服だから、昴に返さなきゃいけないって思ったんだ』

クリーニングをして綺麗になった上着の襟を、昴が指で撫でている。一緒に吊っていた制服のネクタイが、するりと絨毯《じゅうたん》の床に落ちて、千里は思わず、それを追った。

昴の胸元から飛び降り、たんっ、とネクタイのそばに足をつく。あさってに控えた、卒業式のジンクスのことが、千里の頭をよぎった。

（卒業式に、ネクタイとボタンを交換した二人は、ずっと一緒にいられる）

昴は誰の制服のボタンと、ネクタイを交換するつもりなんだろう。

事故でぼろぼろになった千里の制服は、きっと両親が処分したはずだ。血がついてひしゃげたボタンなんか、昴は欲しがらない。分かっているのに、ジンクスを信じたくなる。

『昴。俺、昴のネクタイが欲しい』

自分の体よりも長いネクタイを、千里は前足で掻き集めて、ぎゅうっ、と抱き締めた。

「ちび……？」

『これが欲しい。昴のネクタイと、俺のボタンを、交換したい』

「それはおもちゃじゃないぞ。――俺に返してくれ。とても大事なものなんだ」

『嫌だ……っ。俺の知らない人にあげるんだろ……っ？』

「ちび」

絨毯に膝をついた昴は、返せ、と、命令をする代わりに、右手を広げた。

千里と目線を合わせて、昴は真剣な顔をしている。その顔を見ただけで、ネクタイをあげたい人への、昴の強い想いが伝わってきた。

『ごめん。昴』

——失恋の痛みが、深く、深く胸を刺す。千里はネクタイを離して、小さな体を翻した。猫ベッドへと駆け戻って、タオルの山に頭から潜り込む。

焼きもちも、我が儘も、昴の前では空回りだ。片想いが募って、どんどん自分が嫌な奴になっていく。

ひくっ。込み上げてきた自己嫌悪の涙を、千里はタオルで隠した。本当の親友なら、昴の恋を応援できるはずなのに。千里にはそれができない。

「ちび。しょげるなよ。俺はお前のことを怒った訳じゃないぞ」

『――』

「ちび？　寝ちゃったのか？」

タオルからはみ出した背中を撫でる手が、あんまり優しかったから、千里は眠ったふりをした。

弱くて嫌な自分を忘れたくて、固く目を閉じる。でも、鉛のように重たい感情が、子猫の胸の奥に渦を巻いて、千里を雁字搦《がんじがら》めにしていた。

5

寝苦しさを感じて、千里は薄く瞼を開けた。朝を迎えた昴の部屋の光景が、白く霞《かす》んでよく見えない。

体を起こそうとして、千里は足に力が入らないことに気付いた。呼吸は浅く、猫ベッドに突っ伏した頭は、鈍い痛みを訴えている。

（……おかしいな……。体じゅうが、すごく怠《だる》い）

昨夜、食事をしなかったから、力が入らないんだろうか。頭をどうにか動かして辺りを窺うと、昴が哺乳瓶を手に、千里のことを覗き込んでいた。

「おはよう、ちび」

『……昴……おはよう』

「今朝はミルクは飲めそうか？　腹へってるだろ」

昴は哺乳瓶の吸い口から、少しだけミルクを指に取って、千里の口元に近付けた。一晩経っても、昨日と同じように、ミルクの匂いがむっと鼻を刺激する。千里は気分が悪くなって、顔を背けた。

『ごめん。無理みたい』

「ミルクは駄目か――。ちび、水は?」

『水もいらない……。変なんだ、昴。気持ちが悪い……っ』

「ちび⁉」

千里は猫ベッドに敷かれたタオルを掻き抱《だ》いて、そこに顔を埋《うず》めた。急に口の中が酸っぱくなって、空っぽのはずの胃から、何かが込み上げてくる。

ちび、ちび、と呼ぶ昴の声が、ぐったりと動けなくなった千里の耳に、エコーのように響いていた。


「検査では今のところ、特に重篤《じゅうとく》な異常は見られませんね」

沢登動物クリニックの診察台で、千里は抵抗する元気もなく、院長の沢登の触診を受けていた。胸やお腹、お尻の辺りと、あちこち触られて気分の悪さが増す。

『うう……っ、ゴム手袋の感触、毛が突っ張って嫌だ。勝手に血液検査なんかして。俺にまた注射器を向けたら引っ掻いてやる……っ』

有無を言わさずワクチン注射をされた印象が、千里の頭に強烈に残っているせいで、相変わらず沢登のことが悪魔に見えて仕方ない。

ミルクも水も受け付けなくなった千里を、昴はひどく心配して、この病院に連れて来た。沢登の診察結果に、彼は納得していないようだった。

「異常ないって、でも、昨夜から何も口にしないんです。今朝は体を動かすのもつらそうで、本当に病気じゃないんですか？」

「一通り検査をしてみた結果だから、信頼してください。子猫の急な体調不良の原因で、病気以外に考えられるのは、ストレスです」

「ストレス――」

「猫は環境の変化に敏感な動物だからね。心的に何か大きな負荷がかかって、体へ反動が来ているんじゃないかな」

「そんな、……ちび、どうして？　俺がお前に、つらい思いをさせてたのか？」

『昴、違うよ。この先生はきっとヤブ医者なんだ。ちょっと食欲がないだけだから、大丈夫だよ』

昴にこれ以上心配をかけたくなくて、空元気で笑ってみても、猫の顔ではうまくいかない。診察台の上で、弱々しい声で鳴くことしかないできない自分が、千里は情けなかった。

（昴は毎日、猫の俺の面倒をみてくれてるんだ。ストレスなんて、いい加減なことを言うな）

沢登に不快なゴム手袋の手で頭を撫でられて、千里は、ううう、と唸《うな》った。でも、体力を奪われているからか、すぐに威勢を失《な》くしてしまう。

「養分不足と脱水症状の改善に、点滴で栄養剤を投与します。処置ケージの方へ移しますね」

「あ……はい。俺も、そばについていていいですか？　ちびは針が苦手なので」

「いいですよ。さあちびくん、こっちへおいで」

『点滴なんかしない…っ、昴助けて』

診察台からケージに移された千里は、抵抗虚《むな》しく、点滴の治療を受けることになった。暴れたり、自分の体を引っ掻いたりしないように、柔らかいネットのようなものに入れられる。昴がそばにいてくれなかったら、点滴の針とその拘束具が怖くて、パニックになるところだった。

「ちび、少しの間だけ我慢しような」

ケージの外から聞こえる昴の声に、千里は泣き出しそうになりながら頷《うなず》いた。昴に悲しい顔をさせたくなくて、点滴をしている間じっと耐える。すると、看護師が診察室に、一組の猫と飼い主を案内してきた。

「失礼します。先生、藤原《ふじわら》さんとメイちゃんがいらっしゃいました」

「こんにちは。今日は猫ドックのご予約でしたね」

「ええ。よろしくお願いします」

この病院は、診察室と処置室が、大きな一つの部屋で繋がっている。さっきまで千里がいた診察台に、清潔な新しいパッドを敷いて、看護師はメイという名前のその猫を、そっと乗せた。

『見て、昴。大きい猫……っ』

「ラグドールだ。ふわふわの毛がかわいいな」

青い瞳をした、千里よりも数倍体の大きな、長毛種のメイ。細くて柔らかそうな白い毛をベースに、顔や尻尾だけクリーム色の毛で覆われている。おとなしくお尻をつけて座っている姿が、どこか気品が漂っていて、毛並みのとてもいい美形な猫だった。

「メイちゃんの体調に、何か気になる点はありませんか？」

「いいえ、特には。この子も四歳になって、やっと成猫の仲間入りをしました。こうして定期的に診《み》ていただくことで、私もこの子も安心できます」

「ラグドールは成長に時間のかかる猫ですからね。そう言っていただけるとこちらも嬉しいです。では、X線の検査から始めましょうか」

メイは沢登に連れられて、診察室の奥のレントゲン室へと入っていった。顔見知りな感じで、看護師と談笑をしていた飼い主の藤原が、ふと千里と昴の方を見る。

「点滴ですか。おとなしくてお利口さんな猫だね」

藤原は、スラックスにジャケットのきちんとした身なりをした、中年の男性だった。ぴかぴかの革靴で千里のいるケージに近寄ってきて、昴へ親しげに声をかける。

「こんにちは」

「こ――こんにちは。さっきのラグドール、かわいいですね。女の子ですか？」

「ああ。普段は先生にうちの飼育施設に往診してもらってるんだけど、あの子は個人的に飼っている猫だから、ここへ猫ドックに来たんだ」

「飼育施設？」

「数種の猫のブリーダーをやっています、藤原です。よろしく」

藤原は上着のポケットからスマートに名刺入れを取り出すと、昴へ一枚差し出した。

「君の猫は、まだ生後一ヶ月というところかな？」

「はい。多分、それくらいだと思います。保護して一週間と少しなので、詳しいことは分からないんです」

「保護猫か。平均サイズより小さい子だし、いいことをしたね」

「あ、いいえ。……体調を崩してしまって、こいつには悪いことをしたな、って」

「捨て猫や野良猫の子供の生存率を知っているかい？　保護をしたことで、この子は君に命を救われている。何も意気消沈することはないよ」

ぽん、と昴の肩を叩いた藤原は、いかにも大人で、紳士だった。励まされて、少しだけ明るくなった昴の顔を、千里は黙って見上げた。

（昴。俺が昴にしてあげたいことを、この人に取られちゃった。こんな小さな手じゃ、昴を元気づけてあげられない）

ネットの拘束具に包まれた、役立たずな前足で、きゅう、と胸を押さえる。点滴で栄養を摂《と》っているはずなのに、千里の心は沈んだままで、体の具合もあまりよくならなかった。

「――藤原さん。X線検査では、メイちゃんに四肢の関節や骨の変形は見られませんでした。臓器の方も問題ありません」

レントゲン室から診察室へ、沢登とメイが戻ってくる。躾《しつけ》が行き届いているのか、メイは診察台に行儀よく伏せて、次の指示を待っていた。

「今日はこちらへ一泊してもらって、隅々まで詳しい検査をしますね」

「ええ。メイをよろしくお願いします」

「あの…、沢登先生。猫ドックって、泊まりがけでするんですか？」

「病院の方針によるけれど、検査結果が出るのに時間がかかるものもあるからね。異常があればすぐに対処できるし、うちでは飼い主さんの意向を聞いて、可能なら泊まりにしてもらっているんだよ」

猫ドックは多分、人間ドックみたいなものだろう。飼い猫の健康にそこまで気を遣うなんて、メイは随分かわいがられているらしい。

「藤原さんもいらっしゃることだし、羽野《はの》くん、ちょっといいかな。先日君に、ちびくんの里親の件でメールをさせてもらったね」

「あ、すみません、希望者が多くて、先生にまだ返事ができてなくて」

「いい里親さんは見付かった？」

「いいえ――。ちびと直接会ってもらったりして、探してはいるんですけど、まだです」

「それなら、私から藤原さんを里親に推薦しますよ。実は、君に送ったメールに書いていた猫の愛好家は、この藤原さんのことなんです」

「え……？」

昴は驚いて、目を瞠《みは》った。千里もケージに臥《ふ》せったまま、耳をぴんと立てる。

「藤原さんは、品評会で何度も入賞しているトップブリーダーでね。その傍《かたわ》ら、メイちゃんのような保護猫を引き取って、ご自宅で面倒をみているんです」

「このラグドールも、保護猫だったんですか？」

「ああ。メイには先天的な病気があって、前の飼い主に処分されかけていたんだ。私のところで預かってからは、健康に過ごしているよ」

診察台でおとなしくしているメイを、藤原がいとおしそうに撫でる。猫が喜ぶ場所を心得た、ブリーダーの優雅な撫で方に、メイはうっとりと目を細めた。

「藤原さん、こちらの羽野くんの猫が、以前お話ししたオスの三毛猫です」

「――この子のことだったんですか。病院の掲示板にも写真を載せていたね」

「あ、はい。仮の名前で、ちびといいます」

「希少な猫なのに、里子に出してしまうの？　君の手元で育てたいんじゃないのかい？」

「もちろん、できればそうしたいですけど……。家の事情で、もうすぐ飼えなくなるので、里親を探しています」

「そう…。この子にとっても、保護してくれた君と別れるのは、つらく寂しいことだね」

藤原はまるで、猫の気持ちを読み取ることができるようだった。初対面なのに、千里の心の中を簡単に言い当てている。

（ブリーダーの人だから、猫のことは、何でも分かるのかな——）

千里がちらりとケージの向こうを見上げると、藤原と視線が合った。にっこりと微笑《ほほえ》んだ紳士に向かって、臆病《おくびょう》に瞳を伏せる。恥ずかしがりで内気な千里の性格は、猫の姿になっても変わらなかった。

「本当にかわいい子だ。私でよければ、この子をこのまま、引き取らせてくれないか」

「え……っ、このまま、ですか？」

「うちは設備も整っているし、すぐにでも受け入れ可能だよ。君はいつまでに里親を見付けなければいけないのかな？」

「明日——高校の卒業式の日までです。俺は式の後に、海外へ引っ越すことになっています」

「もう時間的な余裕はほとんどないじゃないか。そんな状況で里親探しなんて、この子がストレスを感じてしまうよ。体調を悪くしたのも、それが原因じゃないのかい？」

「……すみません。余裕がないのを分かってて保護した、俺の責任です」

沢登の診断と似た、ブリーダーとしての藤原の意見に、昴は素直に頷いた。

昴のことを責めないでほしい。彼を庇いたい一心で、千里は抗議の一鳴きを上げた。

『昴が謝ることないよ！』

点滴の針をつけたまま、体じゅうの毛を逆立たせる。宥《なだ》めようとする看護師の手をいなして、千里はもう一度鳴いた。

『俺を拾ってくれた事情も知らないのに、昴のことを悪く言わないでください！　昴は一生懸命里親を探してくれてたんだ。俺が具合を悪くしたのは、昴のせいじゃない』

ミルクも水も受け付けなくなった理由に、一つだけ心当たりがある。絶対に昴に言ってはいけない、秘密にしておかなくてはいけないことだ。

『俺が……っ、俺がいけないんだ。親友なのに、昴のことを好きになったから。俺が勝手に好きになって、勝手に失恋して、勝手に落ち込んでるだけだ』

そうだ。これはきっと、恋煩いのようなものだ。自分の気持ちを隠して、親友のふりをして昴に嘘をついてきた、そのしっぺ返しを受けている。

もしかしたら、こうして子猫になったこと自体が、気持ちを隠していた罰なのかもしれない。猫の言葉でしか話せない千里を、昴が困惑した顔で見つめている。

「ちび、点滴が終わるまで静かにするんだ。——すみません、病院なのに、うるさくして」

『謝るなって言っただろ……っ。全部、俺のせいだ。俺は昴に迷惑かけてばっかりで、昴に何もしてあげられない』

好きな人のために、何もできないくせに、どうして自分はここにいるんだろう。千里は半ば自暴自棄になって、拘束具から抜け出した。ケージの中で暴れながら、思い切り体を捩《よじ》って点滴の針を引っこ抜く。

「あ…っ、ちび！　何やってんだよ！」

『点滴なんかしても意味ない。俺の病気は治らないんだ。昴のことを、諦《あきら》めない限り、俺はずっとつらいままなんだ！』

昴が伸ばしてきた手を、千里は前足で払いのけた。爪を立てないように注意したつもりが、昴の指を傷付けてしまう。

「痛……っ」

指の先に滲《にじ》んだ血が、ケージの床にぽたりと落ちて、小さな円になる。赤色を認識できない猫の瞳が、千里はやるせなかった。

（どんなに、昴のことが好きでも、俺は猫だ。もう親友でもいられない）

昴の血を、沢登がガーゼか何かで拭って、床に消毒薬を吹き付けた。強いその匂いから逃げるように、千里はケージの隅で蹲った。

「すぐに治療しましょう。指を診せて」

「いえ、これくらいの傷、平気です」

「爪から菌が入って、炎症を起こすこともある。馴れている猫でも油断はいけないよ」

沢登に背中を押されながら、昴は診察台へと歩いていく。指をケガしたのに、ケージの方を振り返って気にしている彼に、千里は謝ることもできなかった。

「ちびくん、だったね。威勢はいいが、点滴の針を抜くのはやり過ぎだな」

苦笑混じりに、藤原が話しかけてくる。気の立った猫を落ち着かせようとする、彼の穏やかな声に、千里は無言で反抗した。

「彼は君のことを手放さなくてはいけないらしい。私のところへ来るかい?」

『………』

「君は珍重されている三毛猫のオスだ。それにふさわしい環境で暮らさないか? 専門家の私なら、君を幸せにしてあげられるよ」

昴のそば以外に、幸せな場所なんかない。でも、彼は明日卒業式を迎えて、アメリカへ旅立っていく。千里がついて行くことはできない。

(昴と離れなきゃいけないことは、前から分かってたはずだ。俺が事故に遭ってから、今日まで一緒にいられたことが、奇跡だったんだ)

千里はぶるっと体を震わせて、いつまでも昴のことを想っている自分を、叱咤《しった》した。

好きな人のために、千里が最後にできること。それは、夢を叶えにアメリカへ行く彼を、見送ることだけだった。

「ちびくん。もう機嫌は直ったかい？　おじさんに君の顔をよく見せてくれないかな」

『――はい。さっきは、うるさく鳴いてすみませんでした』

千里はゆっくりと体を起こして、ケージの隅から、藤原のところへ歩み寄った。彼の方からふわりと漂ってきたのは、香水の匂いだ。ブリーダーらしい、複数の猫の匂いに混じって、金色の腕時計を塡《は》めた手首から、甘い香水の匂いがする。

「掲示板の写真で見るより、穏やかな顔立ちだね。三毛の発色も鮮やかだし、柄のバランスもいい。まさかオスの君が保護猫の中にいるなんて、幸運だったな」

まるで品評するように、藤原は千里のことをしげしげと眺めている。何となく居心地が悪くて、千里が項垂《うなだ》れていると、藤原の香水の匂いがいっそう濃くなった。

「撫でてもいいかい？」

『どうぞ……』

千里の頭をそっと撫で下りた手が、首の後ろを回って、顎の下に触れてくる。昴の手なら、もっと気持ちよくて、安心できるのに。藤原の手に違和感を覚えながら、それでも千里は、慣れようと我慢した。

（この人は、俺の里親になりたいと言ってくれてる。身許《みもと》が確かで、ブリーダーをしている人なら、昴に心配をかけずに済むかもしれない）

昴のために、千里は心の中で、彼と離れる覚悟をした。自分の方から、藤原の掌に頭を擦りつけて、じゃれる練習をする。

「ふふ、思ったより人懐っこいのかな。これは喜ばれそうだ」

いったい誰に喜ばれるんだろう。藤原の家族のことを言っているんだろうか。それとも、彼が飼育しているらしい、たくさんの猫たちのことだろうか。藤原のところには、千里を迎えてくれる新しい仲間がいるのだろうか。

何度も体を撫でられながら、千里がそんなことを考えていると、指の治療を終えた昴が戻ってきた。

「藤原さん――。大丈夫ですか？　今ちびは気が立っているから、引っ掻いたりしませんか？」

「おとなしくしているよ。だいぶ私に馴れてくれたようだ」

「え…っ」

意外そうに、昴が瞳を丸くする。昴が見ている前で、千里はわざと藤原に甘えた。さっきよりも激しくじゃれついて、無防備なお腹まで見せて、藤原に気を許した子猫のふりをした。

「ちび、お前」

複雑な表情をして、昴が唇を噛んだのを、千里は見逃さなかった。

(ごめん。――ごめんな、昴)

今から自分は、恩知らずで薄情な子猫になる。昴とさよならをするために、嫌われることを恐れない。

『昴、俺、この人のところへ行く』

ふにゃうん、と甘えた声で鳴いて、千里は藤原を見上げた。たったそれだけで、昴がショックを受け、傷付いたことが、彼の息遣いから伝わってくる。

『この人が、俺のことを幸せにしてくれるって。ラグドールのメイみたいに、俺も綺麗に手入れしてもらって、三毛猫のオスらしくかっこよくしてもらうよ。猫ドックにも入れてもらって、いたれりつくせりの贅沢《ぜいたく》な暮らしをするんだ』

心にもない嘘をつくのは、つらくてたまらなかった。好きでもない人にじゃれるのも、胸が痛くてたまらなかった。それでも千里は、昴のために嘘をつき続けた。

『この人の方が、昴よりも俺のことを大事にしてくれそうだから。昴だって、俺がいると困るだろ？　病院で寝てる俺のことも、昴には全然関係ないし。卒業式は俺は出られないけど、もうどうでもいいや。俺は気楽な猫として生きていくよ』

「ちび。おいで。今日はもう家に帰ろう？」

『――帰らない。俺は決めたんだ』

「ちび……？」

『俺を拾って、面倒をみてくれてありがとう。昴のおばさんにもお礼を言っておいて』

千里は藤原の差し出した両手に迎えられるまま、彼に抱き上げられた。昴じゃない手。昴じゃない胸。昴じゃない匂い。きっとこの先、昴以上に好きになることはない温もりに包ま

れながら、千里は最後の嘘をついた。

『この人が、俺の新しい飼い主だ。ばいばい、昴』

藤原の胸に抱かれた自分を、昴がどんな顔をして見つめていたか、服に顔を埋めていた千里は分からなかった。

昴。ずっと大好きだよ。

心の中で繰り返した言葉は、たったそれだけ。

「改めて、この子の里親は私ということで、了承してもらえるかな？」

「……あ……、あの…っ、でも、急だし、俺だけで返事をすることはできません。母と相談しないと」

「そうですね、羽野くんは未成年だから、里親に預けるにも同意書にご家族のサインが必要だ。藤原さん、ちびくんはまだ点滴の途中なんです。今日はいったん、入院という形で私がお預かりしましょう。明日また、当院へいらしていただけますか？」

「明日ですか。すぐにでもこの子を、連れて帰ってやりたいんですが……」

「ちょうどメイちゃんも一泊してもらいますし。お仲間がいた方が、ちびくんも心強いでしょう」

「まあ、先生がそうおっしゃるなら、私に異論はありません」

診察室の隅のデスクから、沢登が里親の同意書を持ってくる。ぺらりとした一枚の紙を、昴は大切そうに受け取って、沢登に礼をした。

「すみません。ちびをよろしくお願いします」

「少し休ませてから、もう一度点滴を処方しますね。里親に同意するかどうかは、ご家族とよく相談してください」

「はい。――ちび、明日の朝、卒業式が始まる前にまた来るよ。それまでいい子にしてるんだぞ?」

ケージに戻された千里へ、昴がそう声をかけた。うん、と頷きそうになって、毛繕いをしてごまかす。昴が診察室を出ていくまで、千里は自分の毛をいじりながら、彼のことを無視し続けた。

(これでいいんだ。昴のためだから、さよならなんか怖くない)

明日昴は、サイン済みの同意書を持ってきっと現れる。その時が千里と昴の、本当のさよならだった。

6

四方を壁に囲まれた窓のない部屋にいても、微《かす》かに鳥の鳴き声や羽ばたきが聞こえてくるのは、人間よりも猫の耳が優れているからだ。入院室のデジタル時計は秒刻みに進み、眠れない夜が明けていく。

一生に一度の、高校生活最後の卒業式の日を、動物病院のケージの中で迎えるなんて、ほんの十日前の千里は考えたこともなかった。

隣のケージでは、ふわふわの毛に埋もれるようにして、メイが眠っている。中身が人間の子猫に、メイは興味がないようで、昨夜一晩同じ部屋で過ごしても、話しかけてくることはなかった。

(話しかけられても、俺は猫語は分からないもんな)

寝不足のあくびを、くあ、と小さくやって、丸まっていた体を伸ばす。尻尾に近い背中の辺りが、少しずきずきするのは、昨日の点滴の名残《なごり》だろう。投与された栄養剤が効いているせいか、ミルクを飲んでいないのに、相変わらず食欲は湧かなかった。

「おはよう、ちびくん。具合はどうかな?」

『――おはよう、ございます』

午前七時半。八時の診療開始時刻より少し前に、沢登動物クリニックの沢登院長は、入院室の動物たちを診察する。体温や血圧を測ったり、聴診器をあてたり、することは人間の回診とあまり変わらない。

「水が減っていないね。自発的に飲んでくれないと、元気になれないよ」

千里のケージに常備している、自動で水が飲める装置をチェックして、沢登は呟いた。スポイトのようなものを持ってきて、千里の口に少しずつ水を流し込む。吐き出さなかった分だけ、昨日より症状はよくなっているようだった。

かりかりと沢登がカルテに記入している音が、入院室に響く。診察を終えて、千里がケージの中で蹲っていると、看護師がドアを開けた。

「おはようございます。先生、待合室に羽野さんがいらしてますけど……」

「ああ、ここへ通してください」

ぴくん、と千里は耳の先を震わせた。壁の時計を確かめると、昴がいつも登校していた時刻よりは、少し早かった。大事な卒業式の日の朝を、昴はどんな気持ちで迎えたのだろう。それを確かめるのが怖くて、千里は彼の顔を見られなかった。

「失礼します。先生、ちびの様子はどうですか」

「さっき水を飲ませたところです。嘔吐《おうと》もないし、発熱もありません。安静にしておけば、直《じき》によくなると思います」

「……そうですか。ありがとうございました」

は、と昴が小さく溜息をついたのを、千里はケージ越しに感じていた。

一晩冷静に考えてみても、彼と離れることにした自分の選択が、間違っているとは思えない。昨日の嘘の続きのように、千里は顔を伏せて、昴に背中を向けた。

「先生。母と相談して、ちびの里親を藤原さんにお願いすることにしました。同意書に母のサインももらっています」

「分かりました。同意書はこちらで預かります。ちびくんは今日退院して、直接藤原さんに引き取ってもらうことになるけど、それでかまいませんか？」

「はい。よろしくお願いします」

通学鞄から、同意書を取り出す音が、かさかさ聞こえる。その乾いた音色《ねいろ》が耳について離れなくて、千里はぶるぶるっと頭を振った。

「少しだけ、ちびと話をさせてください」

「どうぞ。――ちびくん、羽野くんが来てくれたよ」

昴の足音で、今日は彼が革靴を履いていることが分かる。制服を着る最後の日に、昴と一緒に登校できないことが、千里は切なかった。

「ちび。これから卒業式に出てくるよ。式が済んだら、空港へ行くから、ここにはもう来られない」

『…………』

「──ちび、前に話したよな。千里の事故の後、お前がそばにいてくれたから、俺は救われてた。あいつは絶対に目を覚ますって、俺は信じてる」

『……っ…』

昴の静かな囁《ささや》きが、千里の胸を深く貫く。千里は歯を食いしばって、込み上げてきた涙を我慢した。

「里親さんのところへ行っても、元気でいろよ。たくさんかわいがってもらって、大きくなれ。お前のことを、ちゃんと飼ってやれなくてごめんな」

背中を向けたままの千里に、昴はそっと右手を伸ばした。気配でそれに気付いた千里は、ケージの端の方へ逃げて、尻尾も足も小さく丸めた。

昴に今触れられたら、決心が揺らぐ。本当は彼のもとへ駆け寄って、思い切り抱き付きたい。嘘をついてごめん、と謝りたかった。

「ちび……。卒業式に遅れるから、もう、行くよ。今日までありがとう。さよなら」

声を出さずに、千里も心の中で、同じ言葉を囁いた。さよなら。さよなら、昴。

「先生、藤原さんに、ちびのことをくれぐれもよろしくお願いしますと、伝えてください」

「はい、ちゃんと伝えておきます」

沢登と連れ立って、部屋を出て行った昴のことを、千里は見送らなかった。彼の姿を焼き付けたくても、涙を溜めたこの両目は、きっと役に立たない。ぽたぽた溢れ落ちてくる雫を、前足の甲で受け止めて、千里は泣いた。涙が全部なくなってしまうまで、一人で泣き続けた。

昴が病院を後にしてから、電光色のデジタル時計は、無機質に時間を刻んだ。学校ではそろそろ卒業式が始まる頃だ。胸に赤い花をつけた三年生が整列して、吹奏楽部の演奏とともに、粛々と体育館へ入場していく。

校歌なんて、普段の朝礼では特に意識もしないで、適当に歌っていた。同じ歌を、自分が出席できなかった卒業式に思いを馳《は》せて、子猫の姿で口ずさむ。隣のケージのメイが、千里の方を見て迷惑そうに尻尾を振り立てたから、歌うのは校歌の一番だけにした。

病院の診療時間が始まって、入院室のドアの向こうから、患者の動物とその飼い主の声が聞こえるようになった。無事に退院していく犬や猫たちを眺めながら、ぼんやりと自分の順番がくるのを待つ。

お昼の休憩の時間に、メイと一緒にケージから出された千里は、いよいよその時がやって来たことを悟った。

「メイ、いい子にしていたかい？　ちびくん、君も」

病院の応接室のソファに、ゆったりと腰かけていた藤原は、メイと千里の姿を見るなりそう言った。彼に抱き上げられたメイが、大きな体をくねらせて甘えている。タオルを敷いたバスケットに乗せられ、テーブルの上に置かれた千里は、昴への想いを断ち切るようにして、小さく鳴いた。

『こんにちは、藤原さん。……あの……、今日からお世話になります』

ぺこ、と頭を下げた千里に、藤原が優しげな視線を向ける。ソファの正面に座っていた沢登が、彼へ薄い冊子のようなものを差し出した。

「藤原さん、メイちゃんの猫ドックの診断表です。どの項目も再検査は必要ありません。結果は大変良好でした」

「ありがとうございました。どこも悪くないって。よかったな、メイ」

藤原に首の辺りを撫でられて、メイがごろごろ上機嫌に喉《のど》を鳴らしている。

演技をしていた昨日のように、藤原にじゃれつく気にはなれなくて、千里はその光景をただ眺めているだけだった。

「それから、これはちびくんの里親の同意書です。この書類を以《もっ》て、ちびくんを養育する責任と権利が、正式に藤原さんに生じることになります」

「昨日の彼は、納得していましたか？」

「ええ、今朝、ちびくんのもとへお別れに来てくれました。藤原さんによろしくと言っていましたよ」

「彼の同意を得られて安心しました。では、この書類は私の方で保管させていただきます」

「——あっ、立会人として私の捺印《なついん》がいるんだった。すみませんね、ちびくんのような特別な猫の場合は、転売や不当な商取引の防止に、里親の手続きを当院が管理するようにしているんです」

「三毛猫のオスですから、それぐらい当然ですよ」

「ちょっと印鑑を取ってきますね。このままお待ちください」

白衣の裾《すそ》を翻して、沢登が慌ただしく応接室を出ていく。同意書の昴の母親のサインを見つめていた藤原は、ふ、と笑みを浮かべて、独り言を呟いた。

「手続きを管理したところで、希少な猫を欲しがる人間には効きませんよ、沢登先生」

一瞬、冷たいものが、千里の体の中を駆け抜けていった。無意識に毛が逆立って、どくん、と鼓動が乱れる。

すると、藤原のスラックスのポケットから、携帯電話が震える音がした。藤原はメイをソファに下ろすと、電話に出た。

「はい、藤原です。――ああ、お世話になっております」

何だろう、この胸がざわつく変な感じ。千里は足元のタオルに爪を立てて、収まらない寒気に身構えた。

「その件でしたら、無事に入手できました。今ちょうど、病院で手続きをしているところです。ええ、はい……それはもう、こちらとしても申し分のない条件ですよ。後ほどまたご連絡しますので、はい、失礼します」

通話を終えた藤原は、電話をポケットに戻しながら、長い足を組み替えた。毛を逆立てて緊張している千里のことを、彼は頭上から見下ろしている。

「オスの三毛猫を、『幸運の猫』とはよく言ったものだな。動物病院にコネを作れば、いつかチャンスがあると思っていたが、うまくいったよ」

『……何のこと、ですか』

「電話の相手が、君に一千万円の値段をつけた。君はこれから、その人のもとで暮らしてもらう」

『え……っ？』

千里は驚愕《きょうがく》した。藤原の言葉が信じられなかった。

「君を保護してくれた彼は、君の価値をよく分かっていないらしい。彼も大金を手にするチャンスがあったのに。謝礼も求めずに君を手放すなんて、考えられないな」

『昴はお金なんかもらいません。里親募集の掲示板でも、謝礼は禁止されてます。それなのに、俺の値段が一千万円って、いったいどういうことですか？』

千里の声は、藤原にはただの猫の鳴き声にしか聞こえない。独り言を続ける彼を、千里は青い瞳で睨《にら》んだ。

「私は顧客から依頼を受けて、君のような希少な猫を探していたんだよ。里親になってしまえば、君を誰に売り払おうが、ブリーダーの私の自由だ」

昂が持って来た同意書を、ぴん、と指で弾《はじ》いて、藤原はそう言った。彼が何をしようとしているか、千里はやっと気付いて、怒りの尻尾を振り立てた。

『転売か——。昂が一番嫌ってることじゃないか。昂は藤原さんを信じて俺を預けたのに！』

藤原の意図を見抜けなかった、浅はかな自分が情けない。ブリーダーの肩書きだけで判断して、紳士な彼の態度の裏側まで、読み取ることができなかった。昂に心配をかけないつもりが、千里は最悪の相手を里親に選んでしまったのだ。

(俺がバカだった……っ。こんな人のために、俺は嘘をついて、昂を傷付けた。今朝だって、昂の顔を見もしないで、悲しい思いをさせたんだ)

今日は卒業式の日だったのに。昂がアメリカへ旅立つ、門出《かどで》の日だったのに。それを台無しにしたのは、千里自身だった。

(謝らなくちゃ。昂に、ごめんって、ちゃんと言わなきゃ)

昂はきっと、ちびに嫌われたと思っただろう。そんな間違った思いを抱かせたまま、昂をアメリカへ行かせる訳にはいかない。

「——すみません、藤原さん。印鑑がなかなか見付からなくて。お待たせしました」

応接室のドアを開けて、沢登が戻ってくる。藤原の注意がそっちへ向いた隙をついて、千里はバスケットから跳ね下りた。テーブルの上の同意書を口に銜え、ドアへ向かってダッシュする。

「あっ！　待て！　先生、捕まえてください！」

「ちびくん――!?」

「ドアを閉めろ！　早く！」

もう紳士でも何でもない、藤原の怒号が応接室に響いた。沢登の白衣の下を擦《す》り抜け、閉まっていくドアの隙間から走り出る。驚いている看護師たちを尻目に千里は待合室を突っ切ると、病院の外へ一気に駆け抜けた。

(この同意書は渡さない。あんな奴の言いなりになんかなるもんか！)

後ろを振り返らずに、千里は昴の家に向かって、懸命に足を動かした。同意書を銜えているせいで、駆けるスピードを上げるたび、息が苦しくなる。

でも、同意書さえ渡さなければ、藤原は千里に手出しできない。千里はそれを昴に返して、彼の手で破り捨ててほしかった。

(あの人は、動物病院のことをコネだって言った。メイの猫ドックも、コネを作るためだったとしたらメイがかわいそうだ。沢登先生が、保護猫の里親探しに熱心なのを知ってて、先生のことまで利用したんだ)

沢登を注射ばかりする悪魔だと思っていたことを、千里は反省した。本当の悪魔は、お金儲《もう》けのために動物も人間も利用する、藤原の方だった。

(俺がバカだから、いろんな人に迷惑をかけた。昴、俺が間違ってた)

午後の陽射《ひざ》しに暖められた歩道の向こうに、昴の家が見えてくる。休まずに駆けてきた足をゆっくりにして、千里は昴を探した。でも、家の門は固く閉ざされ、中に人がいる気配はなかった。

（卒業式は午前中で終わってるはずだ。おばさんと一緒に、もう空港へ行ったのかな――）

昴が何時の便の飛行機に乗るのか、羽田空港か成田空港か、千里は何も聞いていない。たとえ知っていたとしても、子猫の千里に空港は遠過ぎる。そこへ辿り着く頃には、昴はもう旅立っているだろう。

（昴、このまま会えないの？　昴を傷付けたまま、見送ることもできないなんて嫌だ！）

昴に会いたい。会いたい。彼の匂いと温もりを探して、千里はまた駆け出した。

頭で考えるよりも早く、足が勝手に動いている。飛行機に乗る前に、昴が立ち寄りそうな場所が、たった一つだけあった。

（もしかしたら――、俺の勘が当たってたら、もう一度昴に会える）

確証も何もない場所へ、千里は駆けた。何度も行き来した街の光景が、信号を渡るたび、ぐんぐん千里の後ろへと流れていく。

事故に遭った日、子猫になったばかりの姿で、同じ道を駆けたことを思い出した。あの時うまく走れなかった足は、今は逞しくアスファルトを蹴っている。昴に会いたい――その願いだけを抱いて、千里は自分が入院している病院を目指した。

（昴は最後に俺に会いに来る。俺の目が覚めるって、昴はずっと信じていてくれた。親友の俺に会わずにアメリカへ行くなんて、絶対にない）

自惚《うぬぼ》れかもしれない。ただの願望かもしれない。でも、昴と自分は繋がっているんだと信じたい。たとえお互いを想う意味が違っていても、親友にしかなれなくても、昴の心の中には千里がいる。

（昴、もうすぐ俺も、そこへ行くから。待ってて。どこへも行かないで、俺を待ってて！）

いったいいくつの信号と、横断歩道を渡っただろう。市の郊外へ向かう道路の案内板に、『幸生会救急病院《こうせいかいきゅうきゅうびょういん》』という名前が表示された。何棟も建物を連ねた大きな病院が、千里の視界にやっと顔を出す。

（昴――！）

道路を後ろからやって来た救急車が、サイレンを鳴らしながら千里を追い越した。車が入っていった急患のゲートを、力を振り絞って千里も通過する。千里の病室がある外科病棟は、本館の中、ＩＣＵと同じ建物だった。

酸欠になりそうなほど体は疲れ切り、口に銜えたままの同意書は、あちこち擦り切れてぼろぼろになっていた。でも、千里は休むことなく、前にここへ来た時と同じように、本館の裏手に回って非常階段を駆け上った。

（ＩＣＵは二階の真ん中の部屋だった。俺の病室はどこだ）

たくさんの病室が並んだコの字型の建物を、外側からベランダ伝いに探して回る。病室の窓の向こうを歩く千里に、入院患者も看護師も、誰も気付かない。二階を調べ終わり、三階へ上った千里は、カーテンが少しだけ開いている病室の前で、足を止めた。

まるで、陽射しの入る量を抑えているような、カーテンとカーテンの隙間。細く切り取られた窓を覗いて、千里は震えた。

(見付けた――)

個室に置かれた、白いベッド。ピッ、ピッ、と脈拍の数字が点滅している機械。頭に包帯を巻いて、目を閉じている自分が、そこに横たわっている。ベッドのそばには、千里の両親と、主治医と思《おぼ》しき先生、そして、制服を着た昴が立っていた。

(昴、やっぱり、ここにいた)

息切れしている小さな体に、嬉しさが溢れ出す。ベランダの手擦りから、狭い窓の桟に飛び移って、千里は室内を覗き込んだ。

(卒業式が終わってから、すぐに俺に会いに来てくれたんだ)

昴は制服の胸に、卒業生のしるしの赤い花をつけたままだった。彼の後ろで、両親と先生が何か耳打ちで言葉を交わしている。それから間もなく、三人は昴だけを残して病室を出ていった。

「千里」

昴が名前を呼ぶ声が、病室の外にいる千里にも聞こえてくる。彼はベッドの脇に跪《ひざまず》いて、目覚めない千里の手を取り、ぎゅうっ、と握り締めた。

（……昴……）

まるで、体じゅうを抱き締められたようだった。子猫の千里の体がかっと熱くなり、眩暈《めまい》がしてくる。

ベッドの上の千里に向けた昴の眼差《まなざ》しは、サッカーのゴールを決めた時とも、教室で一緒に過ごしていた時とも、子猫を家に連れて帰った時とも違っていた。

「千里。お前が目を覚ますのを、ここで待ちたかったけど、ごめんな」

気付かなかった。彼はこんなに、溶けるような目をする人だっただろうか。窓ガラス越しに聞こえる昴の声が、子猫の千里の体を、いっそう熱くする。

「飛行機の時間があるから、もう行かなきゃ。千里、俺……、お前の意識が戻ったら、一番に言いたいことがあるんだ。その時は、ボストンから飛んで帰ってくるから。お前と早く会えるように、お守り、置いていくよ」

昴は握り締めていた手を解《ほど》くと、その手を自分の首元に伸ばした。きつく締めていたノットを緩め、制服のネクタイを外した彼は、それを千里の掌に握らせた。

「今度会う時に、お前の制服のボタンと交換してくれ。千里。俺たちは、これから先もずっと一緒だよ」

ずっと一緒だよ――。

青い子猫の瞳を、千里は大きく見開いた。昴のネクタイは、自分以外の人のものだと思っていた。瞬く間に視界を涙が埋めて、窓の向こうの昴の姿が霞んでいく。

鶯凜高校の生徒なら、誰でも知っている卒業式のジンクス。欲しくてたまらなかったネクタイを、昴がくれた。あのネクタイに込められた昴の気持ちが、今なら分かる。どきん、どきん、と打ち鳴らす千里の鼓動が、昴の声さえも掻き消していく。

「じゃあ、行ってくる」

昴は腕時計で時間を確かめると、包帯からはみ出た千里の髪の毛を、名残惜《なごりお》しそうに撫でた。ひとしきり千里に触れてから、彼は立ち上がり、病室のドアの方へと歩き出す。

昴が去っていく。旅立ってしまう。ベッドの上の千里も、窓の外の子猫の千里も、どちらも置いて。

『嫌だ……っ、行かないで』

まだ彼に何も話していない。自分の気持ちを打ち明けていない。昴に告白するために自転車を漕いでいた、事故に遭う前の自分に戻りたい。

子猫の前足で、だんっ、と千里は窓を叩いた。昴はそれに気付かないまま、ゆっくりとドアを開ける。だんっ、だんっ。繰り返し窓を叩きながら、千里は叫んだ。

『待って！　行かないで、昴！　俺はここにいるよ――！』

昴のそばへ行きたい。強い願いに衝《つ》き動かされて、千里は窓に体当たりをした。透明なガラスに跳ね返されるはずが、まるで水に飛び込んだように、窓のあちら側へと吸い込まれていく。

にゃあああん。子猫の鳴く声が、とても遠いところから、微かに聞こえた。それは水の底で聞く鈍い音声に似ていた。

「……っ……」

不意に、瞼の向こうに白い光を感じて、千里は瞬きをした。でも、まるで糊《のり》を塗ったように上下の瞼がくっついていて、うまく動かせない。仕方なく瞼を指で擦ろうとして、その手がネクタイを握っていることに気付く。

子猫の前足じゃない。人間の手だ。何が起こったのか分からずに、鮮やかで懐かしいネクタイの色を認識するまで、数秒の時間が必要だった。

「あ……」

ひくん、と喉が動いて、短く発した声とともに、肺に空気が入ってくる。息をするだけで、体じゅうが痛くて、十日間も意識のなかった頭がくらくらした。それなのに、涙が出るほど嬉しかった。

「千里――？」

ガタン、と音を立てて、開いている途中だった引き戸のドアが静止する。昴がベッドの方を振り返るのを、千里はまだぼんやりする瞳で見た。

「……す……ば、……る……」

おぼつかない、しゃがれた声で彼を呼ぶ。自分の声が人間の声で聞こえたことに、また涙が溢れてきた。信じられない、と、小さく首を振った昴が、ドアの前からこっちへ駆けてくる。

「千里！」

千里の手を、昴の手がネクタイごと包んだ。真っ赤になって、今にも泣きそうな彼の顔が、互いの額がくっつくほど近くにあった。

「すばる。……昴」

「千里、お前……っ、俺のこと、分かるのか。ちゃんと見えてるか。俺の声、聞こえてるか」

「わか、る。ぜんぶ」

「ま…っ、待ってろ、すぐにおじさんとおばさんを呼ぶから！　先生も外の廊下にいるから、すぐだから！」

「昴――」

行かないでと、声に出す代わりに、千里は昴の手を弱く握り返した。二人の掌の間で、制服のネクタイが、確かな熱を宿している。

「しんぱい、かけて、ごめん」

「話さなくていい。ナースコールもしなきゃ……っ」

「すばる。ネクタイ——、ありが、と。おれの、ボタン、あげる」

「……千里……」

「そつぎょうしき、の、ジンクス。昴と、かなえたい」

「千里……っ。うん……っ。俺も、千里と二人で、叶えたい。卒業しても、俺がアメリカへ行っても、俺は千里を離さない」

ガーゼをあてている千里の頰に、ぽたぽたと昴の涙の粒が落ちてきた。小さなそれが弾けるたび、夢を見ているような、幸せな想いに包まれる。

好きだ。泣いた顔も、ゴールを決めた格好いい顔も、ちびを抱き上げる時の優しい顔も。昴が好きだ。数え切れないほど、千里が心の中で繰り返してきた告白を、昴が横取りした。

「千里、千里のことが好きだ。ずっと、好きだった」

「……昴……」

「千里が目を覚ましたら、言うって決めてた。グラウンドで、千里は俺の写真ばっかり撮ってたろ。すごく、くすぐったくて、でも、周りの奴らに優越感を抱いてた。千里のカメラに写るのは、これから先も俺だけでいい。そう思った時、千里のことを親友以上に好きだって、気付いたんだ」

カメラのファインダーを通した千里の想いは、無意識のうちに、昴へと伝わっていたのかもしれない。夢中で切ったシャッターのように、千里は瞬きをして、昴の告白の続きを聞いた。

「千里に嫌われると思って、本当の気持ちを言えなかった。ずっと隠してて、ごめん。親友失格だ」

「……昴、おれも、同じ」

「千里」

「おれも、昴にきらわれるのが、怖かった。親友よりも、昴のことが好き――。だいすきだよ」

二人で手を握り合って、同じ想いを抱いていたことを確かめ合う。長い片想いをして行き着いた場所は、これ以上ないくらい温かな、満ち足りた場所だった。

「千里の意識が戻ったって、伝えてくる。おじさんもおばさんも、うちの母さんも、みんな心配してたんだ」

「――うん。昴、後で、窓の外、見て」

「窓の外？」

「おれの恩人がいる。いっぱい、なでてやって。おれの代わりに、いっぱい、おねがい」

不思議そうに小首を傾げながら、昴は頷いた。

廊下に彼が駆け出した後、両親とともに、主治医の先生や看護師たちが、病室に集まって

きた。泣き顔の両親に見守られながら、すぐさま診察が始まって、自分の体に戻れた奇跡が、夢ではなく現実なんだと悟った。

ベッドを取り囲んでいるみんなの向こうで、一人窓辺に移った昴が、子猫のちびを見付けて驚いていた。ちびは動物病院から銜えてきた里親の同意書を、びりびり噛み破って遊んでいたらしい。

（ありがとう、ちび。そうだ。ちびを、うちで預かろう）

自分の命を繋いでくれたちびを、家に引き取って里親になりたい。診察が終わったら、両親に相談してみよう。そうすることが、千里にできるちびへの恩返しだった。

○　　○

「千里、早く体を治せよ。毎日メールするからな」

「うん。俺も、治ったら、子猫の写真、送るから。向こうで勉強、がんばれ」

「ありがとう。行ってくる」

「行ってらっしゃい。昴」

桜が開花するにはまだ早い、三月の半ば。入院中の千里に別れを告げて、昴がアメリカへ旅立っていったのは、今からもう五ヶ月ほど前のことだ。病室を出ていく前、最後に手を握り締めてくれた昴が、耳元で「本当はこのまま連れて行きたい」と囁いたのを覚えている。意識不明の状態からやっと目覚めた日に、昴とさよならをするのは寂しかったけれど、悲しくはなかった。

アメリカと日本に離れてしまっても、二人の心は繋がっている。病院のベッドの上で昴を見送った千里は、彼が残していった制服のネクタイをお守りに、ケガの治療に勤《いそ》しんだ。

今度昴と会う時は、元気になった姿を見せたい。そう願いながら続けた千里の入院生活は、意識が戻ってから一ヶ月くらいで終了した。心配されていた後遺症もなく、体を動かせるようになってからはリハビリも順調に進んで、回復の速さに主治医の先生が驚くほどだった。

「――暑……っ」

燦々《さんさん》とした真夏の八月の陽射しを、半袖《はんそで》のシャツの背中に浴びながら、千里は自転車のペダルを漕いだ。事故でぐしゃぐしゃになった愛車の代わりに、両親が入学祝いも兼ねて新調してくれたもので、通学の足に使っている。

地元の大学に進学したものの、治療と重なって入学が遅れた千里は、夏休みの今も補習講義を受けていた。そのおかげで、必修の単位を取り零さずに済んでいる。学部では新しい友達もできて、それなりに賑やかで楽しい学生生活を過ごせていた。

「ただいま、母さん」

「千里、お帰りなさい。今日の検査はどうだった？」

「うん、どこも悪くなってなかった。先生ももう安心ですねって言ってたよ」

半月に一度の検査を終えて、病院から帰宅した千里は、汗を拭いながら洗面台に直行した。冷たい水でばしゃばしゃ顔を洗うと、涼しくて気持ちがいい。水の音を聞き付けたのか、足元に子猫――とはもう呼べないサイズになっているちびが、とととっ、と駆け寄ってきた。

「ただいま、ちび。ちゃんと留守番してたか？」

水で冷えた手で背中を撫でてやると、気持ちよさそうに、にゃうん、と返事をする。こうしていると、ちびの中に入っていたあの十日間の出来事が、嘘のように思えてしょうがない。

でも、子猫として昴と暮らしたことも、里親希望のブリーダーに転売されそうになって、危うく逃げ出したことも、全部現実に起こったことだった。

後から聞いた話では、ブリーダーの藤原は、あちこちの動物病院で似たようなトラブルを起こしていたらしい。昴はひどく怒っていたけれど、ちびが無事だったことを何より喜んで、千里の家で飼うことを許してくれた。

（ちびの里親になれてよかった。少しは俺も、恩返しできたかな）

千里が入院している間、ちびはペットの本領を発揮して、両親の心を癒す役目をしてくれた。すっかり家族のアイドルになったちびを抱き上げて、キッチンに顔を出すと、母親が昼食の支度をしていた。

「母さん、事故からだいぶ経ったし、検査結果もよかったし、もう俺バイトしてもいい？」

「あんまり無理をしてほしくないんだけど……。何か欲しいものでもあるの？」

「うん、ちょっとね。友達がバイトしてるカフェが、求人出してるんだって。大学の近くだし、夜も遅くないから、いいだろ？」

「そうねえ。お父さんが帰ったら相談してみなさい」

「やった。母さん援護よろしくー」

冷蔵庫からスポーツ飲料を、その近くの棚から猫用おやつのカツオチップを取り出して、千里はちびを、二階の自分の部屋へ連れて行った。蒸し暑い部屋をエアコンで冷やしながら、机の上のパソコンの電源を入れる。

好物のおやつの匂いに誘われたちびが、ていっ、ていっ、とカツオチップを奪おうとしている姿が、おもしろかわいい。千里はちびに携帯電話を向けて、シャッターチャンスを狙った。

「ちび、立派な歯になったなあ。俺が入ってた頃はまだ小さかったのに。――やっぱりちゃんとしたカメラで、お前のことを撮りたいな」

父親が仕事から帰ってきたら、バイトをさせてもらえるようによく説得しよう。長年大事にしていたカメラを、千里は事故で壊してしまった。レンズも本体も修復不能になったそれの代わりに、バイト代を貯《た》めて新しいカメラを買う予定なのだ。

「大学の写真サークルにも入りたいし、腕を磨いて、学祭の写真展にも出してみたい。でも、一番は昴に、お前のいい写真を撮って見せてあげたいんだ」

パシャ、と携帯電話でシャッター音を鳴らしても、ちびはおやつに夢中で、少しも反応してくれない。食いしん坊の相棒に苦笑しながら、千里はマイク付きのヘッドホンをして、パソコンのビデオ通話のアプリケーションを起動させた。

「昴――」

モニターの隅に表示された、日本時間十三時二十分。海を越えて、遥《はる》かアメリカの東海岸の都市ボストンと、千里の部屋が繋がる。モニターの向こうに映った昴が、千里と同じようにヘッドホンをして、手を振った。

『千里。久しぶり』

「昨日も昴とこのくらいの時間に話したよ。たったの一日ぶりだ」

『「たった」じゃないよ。千里』

くす, と微笑んだ昴の顔が、こっちにいた頃よりも大人びて見える。ボストンの地元のクラブでサッカーを続けている昴は、日に焼けて耳の先までこげ茶色だ。それがまた彼の精悍さを強調していて、千里はどきどきした。

「昴、今日は学校のテストだって言ってなかった？　高校の時みたいに、百点取れた？」

『ヒアリングがちょっとな。試験官の先生、めちゃくちゃ早口だったんだ』

三学期制の大学に進学する昴は、九月の入学を控えて、今は語学学校に通っている。元々英語が得意な彼でも、本場の発音は難しいらしい。ボストンへ行ってからの昴の話を聞くのが、千里は何よりも楽しみだった。

『俺の医療英語のクラスは、ほとんど日本人の留学生なんだけど、合格点をもらえたの一割もいなかったよ』

「でも、昴はもちろん合格だろ？」

『――ああ』

「さすが昴！　おめでとう」

『ありがと。これで来月から、俺も千里と同じ大学生だ』

A評価のついたテストの結果表を、昴が得意げに見せてくれる。モニターに映ったそれを覗き込んでいると、千里の膝に、おやつを食べ終えたちびが乗ってきた。

「ちび、昴だよ。テストでいい点取れたって」

よいしょ、と重たくなったちびを抱っこして、前足をバンザイの形に上げさせる。すると、それを見た昴が、ちびの大好きな顎の下を撫でる仕草をした。

『ちび。おいで』

昴が呼ぶと、ちびはいつも机に乗り上がって、モニターに顔を擦り寄せる。千里の魂が出て行ってからも、ちびは昴に懐いていて、遠く離れているのにかまってほしがるのだ。

思えば、最初に公園で出会った時から、昴はちびをかわいがっていた。野良猫だったちびは、優しい昴のことが、一目で好きになったに違いない。

（俺も昴のことが好きだから、ちびと一緒だ。俺がちびの中に入ったのは、もしかして運命だったのかな……）

昴を想う千里とちびの心が呼び寄せ合って、奇跡が起きたのかもしれない。

モニターに頬ずりするのをやめないちびに、千里も昴も笑った。

『はは。ちび、すごいアップ』

「もう、ちびがいるとモニターを占領されちゃうよ」

『ちび、今度そっちに帰ったら、思い切りお前のことを撫でてやるからな』

「え？　今度、って――」

『千里、大学に通い始める前に、一週間くらい時間ができたんだ。千里に会いたいから、夏休みの終わりは予定空けておいて』

「昴……っ、本当⁉　こっちに帰ってくるの？」

大きな声を出したせいで、ちびがびっくりしている。千里はちびを抱き締めながら、モニターに身を乗り出した。

『ああ。この前千里と会った時は、意識が戻ったばっかりで、あんまり話せなかっただろ？

今度はゆっくり会いたい』

「うん。――うん…っ。俺も会いたい。モニター越しじゃなくて、昴とちゃんと会って話したい」

『よかった。千里が喜んでくれて、安心した』

「当たり前だろ！　嬉しいに決まってるよ！」

『――ありがとう、千里。詳しい日程が決まったら、また教えるから。お土産《みやげ》は何がいいか考えといて』

「分かった。ちびと待ってるから、絶対帰ってこいよ」

『ああ。絶対、約束だ』

モニターに向かって千里が手をかざすと、タッチをするように、昴も同じことをした。ちびも興奮しているのか、昴に向かって、にゃあにゃあ賑やかに鳴いている。

もうすぐ、昴がこの街に帰ってくる――。千里は嬉しくてたまらなくて、鼓動が速くなるのを、止めようもなかった。

END

両想いの子猫

1

成田空港第一ターミナルの一階、国際線到着ロビーに佇《たたず》んで、千里《ちさと》はそわそわ落ち着かない気分を静めようと、腕時計の時刻を確かめた。飛行機の到着が十分遅れているせいで、落ち着くどころか、心臓がどきどきしてしまう。

お盆の海外旅行ピークを過ぎた、八月の最後の週。ターミナルの外は夕方だというのに、今年の残暑はとりわけ厳しく、この時間になっても蟬《せみ》が大合唱している。

今月から始めたカフェのバイトと、大学の補習講義と、そして飼い猫ちびの世話。三角形にぐるぐる回っているような、規則正しい千里の夏休みに、もうすぐとびきりのイベントが訪れる。到着ゲートの向こうに、待ちに待っていた人が歩いてくるのを見て、千里の鼓動は大きく跳ねた。

「昴《すばる》！」

「千里――――！」

肩にボストンバッグを担ぎ、大きなスーツケースを転がしていた昴が、続々とゲートを通過してくる搭乗客に交じって、千里に手を振る。アメリカからの長旅を終えて、日本へ帰ってきた彼のもとへと、千里は喜び勇んで駆け寄った。

「おかえり、昴。待ちくたびれたよ」

「ただいま。ごめんな、飛行機遅れたみたいで。はいこれ、お土産《みやげ》」

「いいの⁉　ありがとう！」

「千里、走ったりしても大丈夫なのか？　大ケガをした後なんだから、気を付けて」

「平気平気。体の方はすっかり治ったよ」

「本当に――？」

帰国するなり、昴は千里のことを心配している。とっくに包帯のなくなっている頭を、しげしげと見つめている昴に、千里は苦笑した。

「本当だよ。いつもスカイプで話してるのに」

「実際に会うのとでは、やっぱり違うよ。後遺症はなかったって聞いたけど、頭の後ろの傷、本当に大丈夫？」

「だから、大丈夫だって！　もう、昴はけっこう心配性だったんだな」

「心配して当然だろ。俺は病院で、意識のない千里をずっと見てたんだから」

五ヶ月ほど前の交通事故と入院生活のことを、昴が口にすると、千里は申し訳ない気持ちになる。昴の中ではあの事故が、まだ消化できていない、現在進行形の出来事なんだと思えてしまうからだ。

「俺は元通りになったし、示談とか難しいことは親と保険屋さんが済ませたし、昴ももう気にしないで。な？」

「千里、でも」

「俺も荷物持つよ。そっちのボストンバッグ貸して」

「い、いいよ。軽いし、自分で運ぶ」

「まだ気にしてる。せっかく遠くから帰ってきたんだから、甘えてよ、昴」

「千里……」

「ほら、行こう。駐車場で父さんが待ってるんだ。母さんとちびは、家で留守番してる。早くちびに、昴と会わせてやりたいな」

ちびには甘い昴が、やっと頷《うなず》いて、千里にボストンバッグを渡してくれた。卒業式の前に昴が保護した、野良猫のちび。ちびは今、千里の家ですくすく育っている。

「おじさんとおばさんにも、お土産を渡さなきゃ。ちびには、アメリカのキャットフードを持って帰ったよ」

「ありがとう、みんな喜ぶよ。ちび、びっくりするくらい大きくなってるから、楽しみにしてて」

「うん。――五ヶ月以上も経ったのか。ずっと会いたかった」

「ちびだろ？　あいつももちろん、昴に会いたかったと思うよ」

「違う。ちびもだけど、俺は千里に会いたかったんだ」

「昴……」

「千里は？」

真顔で聞かれて、千里はかっと頬《ほお》が熱くなった。どきどきしっ放しの鼓動が、今日一番の高さで跳ね上がり、いろんな国の言葉が飛び交うロビーの喧騒《けんそう》が遠くなる。千里は返事を待っている昴の耳元に唇を寄せて、小さく囁《ささや》いた。

「俺も、昴と一緒だよ」

すると、昴の頬も、千里と同じように赤くなった。二人で照れくさい微笑《ほほえ》みを交わしながら、雲の上のように足元をふわふわさせて、駐車場までの長い通路を歩いた。


「ちび！　大きくなったなあ、お前」

家の玄関先で、ちょこんと座っていたちびが、昴の姿を見た途端に跳ね起きた。垂直に立てている尻尾《しっぽ》が、親愛の気持ちを表現している。ちびは昴に駆け寄ると、名前を呼ぶように一鳴きして、ジーンズの足に頬ずりした。

「何か嬉《うれ》しい――。俺が保護した時は、片手で抱けるサイズだったのに」

「な？　もう『ちび』って呼べないだろ？」

「本当だ。目も青から黄色になって、成猫までもうちょっとって感じだし。ちび、お前がこんなにイケメンになるなんてな。ははっ、めちゃくちゃ重たいぞ」

ちびを抱き上げた昴が、いとおしそうに日に焼けた顔を近付ける。千里から見れば、昴の方がよっぽどイケメンだ。ちびもそう思っているのか、キスをするように、昴の精悍《せいかん》な頬に鼻先をくっつけた。

(ちびはやっぱり、昴のことが大好きなんだな)

昴はけっして、自分のことを飼い主だと言ったことはない。でもちびにとっては、最初に拾ってくれた彼がご主人様だ。

昴とちびの微笑ましい再会を見て、千里も嬉しくなってくる。すると、玄関ホールにぱたぱたとスリッパの音がして、奥のリビングから千里の母親が出迎えにきた。

「いらっしゃい、昴くん。遠くから大変だったでしょう。どうぞ上がって」

「おばさん、こんばんは。あの、ちびの里親になってくれて、ありがとうございました。向こうに引っ越す前に、ちゃんとお礼できなくて、すみません」

「お礼なんていいのよ。ちびがうちに来てくれて、私たちは本当に助かってるの。ちび、早速昴くんに抱っこしてもらえてよかったわねえ」

「そうだよ、昴。俺が入院してる間、ちびが父さんと母さんのケアをしてくれたんだって。ちびが家にいてくれるだけで、みんな癒されるんだ」

「……そっか。ちび、お前が褒められてると、俺も嬉しいよ。これからもかわいがってもらうんだぞ」

よしよし、と頭を撫《な》でた昴に、ちびは尻尾を大きく振って応えた。あれは、もっと撫でて、と催促しているサインだ。

尻尾の動きや表情を見れば、ちびの気持ちはたいてい分かる。今日はちびを、思い切り昴に甘えさせてやりたかった。

「今日はゆっくりしていってね。もうすぐ夕ご飯できるから。千里、お部屋に昴くんの荷物を運んであげなさい」

「はーい」

「お世話になります。おばさんこれ、うちの両親からお土産です。お菓子と、ちびのオーガニックのキャットフード」

「まあ、ありがとう。お礼の電話をしておかなくちゃ」

昴が家に泊まるのは、二人で大学受験の勉強をした、高三の二学期以来だ。スポーツドクターを目指している昴とは、進みたい大学は全然違っていたけれど、一人で勉強をするよりも、ずっと楽しかったことを覚えている。

そこかしこに昴との思い出のある家の中を案内して、二階の自分の部屋のドアを開けると、昴は懐かしそうに瞳を細めた。

「久しぶりだな、千里の部屋。本棚が増えてる」

「うん。大学のテキストや資料でいっぱいになっちゃって。俺の学科の西洋史は文献が多いからさ、集めるの大変だけど、おもしろいよ」

「千里は高校の時から、世界史の成績よかったもんな」

「それだけって言いたいんだろ？　俺は昴みたいな全方位型優等生じゃないし」

「歴史系は千里に敵《かな》わないよ。本当、おもしろそうな本がいっぱいあるな」

部屋の隅に荷物を置いた昴が、本棚のテキストを手に取って、ぺらぺらとめくっている。こうしていると、高校の頃に戻ったようで、何だか面映《おもは》ゆい。

「こっちの大学はどう？　もう慣れたか」

「うん、まあ。地元だから、同じ高校の奴も多いし、中学の頃の友達とまた会ったりして、楽しくやってる。バイトしてカメラを買ったら、写真サークルに入る予定なんだ」

「千里がずっと使ってたカメラ、一眼レフのいいやつだったのに。事故で壊れたんだろ？」

「うん、退院してから見てもらったけど、修理は無理だって言われた。今は携帯のカメラと普通のデジカメで、ちびばっかり撮ってるよ」

「じゃあ、新しいカメラを買ったら、またサッカーグラウンドに通ったりするんだ」

「え？」

「ボストンにいると、千里のカメラを独り占めできないもんな。――悔しいな」

昴が、くしゃっとした笑顔を浮かべて、頭を掻《か》いている。鈍い頭でも、昴が焼きもちを焼いていることが分かって、千里は赤面した。

「お…、俺の中のエースストライカーは、昴だけだから。安心していいよ」

「千里。首の後ろまで真っ赤にして、かわいい」

「何だよ、人が真面目に言ってんのに、からかうなよっ」

「本音を言っただけだけど。もう、こういうことを隠さなくてもいいんだよな。千里のことを、俺は数え切れないくらい、かわいいって思ってた」

昴に秘密を打ち明けられて、どきっ、と千里の胸を、小さな痛みが貫いていく。甘くて幸せな、初めて覚えた痛みだ。

「前は嫌われたくなくて、千里に言えなかったことも、今は許してくれるだろ？」

「う、うん――」

「俺たち、もう親友じゃなくなったんだ」

テキストをめくっていた手を止めて、昴が独り言のように囁く。意味深なその言葉を反芻《はんすう》していた千里は、昴が熱っぽい瞳で見つめていることに気付けなかった。

「千里」

「え？　あ…っ」

昴の声が、顔のすぐそばで聞こえたことにびっくりする。頬に昴の吐息を感じて、千里は思わず直立不動になった。

（近いよ、昴）

体じゅうがカチカチに固まって、シャツの下の背中に、変な汗が噴き出してくる。ちょっと動けば、頰と唇がくっつきそうで、千里はじっとしているしかなかった。

（こ、これって、キス……だよね）

もう親友じゃない、と、昴は言った。親友どうしならしないことを、昴は千里としようとしている。

「千里、好きだよ」

聞こえるか聞こえないかの、昴の甘い囁きが、千里の意識を霞《かす》ませた。

ちゅ、と頰に触れてきた、温かなキス。――溶ける、と、千里は思った。

（……う、うわ……っ）

恥ずかしい。照れくさい。でも、もっとしてほしい。いろんな気持ちが千里の中でぐちゃぐちゃに混ざって、結局何も考えられなくなる。

（本当に、溶けそう。俺がちびの中に入ってた時に、昴がしてくれたキスとは、違うんだ）

まだ小さかったちびの額に、優しく唇で触れた瞬間のことを、昴は覚えているだろうか。ちびの中にいた千里にとっては、あれが昴とのファーストキスだった。

（昴。俺は、あのキスをはっきり覚えてるよ）

人間に戻ることができるかどうか、何の確証もなかったあの時、昴を想う気持ちだけが、千里にとって確かなものだった。

意識不明だった千里を心配して、一人で泣いていた昴。事故から十日後、病室で目覚めた時に、昴がそばにいてくれたことは一生忘れない。千里の手を握り締めて、彼が好きだと言ってくれたことも。この恋を諦《あきら》めなくてよかった、と、今は心からそう思える。

(もっとキスをしたら、昴と、恋人になれる——？)

好き、という気持ちを確かめ合った後、どうすれば親友から恋人になれるのか、誰も教えてくれない。大学のテキストでも高校の授業でも習わなかった。こんなに人を好きになったのは、昴が初めてだから、何もかも手探りでしか進めない。

千里は、ぎゅっと瞼《まぶた》を閉じて、ますます体を硬くした。昴の吐息を感じている頬に、全神経が集中する。キスの続きを待つ間、どきどき、どきどき、心臓が飛び出しそうだった。

「千里ーっ、テーブルにお皿並べるの手伝ってちょうだいー」

階下から母親の声が聞こえてきて、千里ははっとした。それと同時に、昴の吐息が離れていく。

「おばさんが呼んでる。俺も手伝うよ」

「す、昴……っ？」

「いい匂《にお》いがここまでしてる。おばさん料理上手だから、楽しみだな」

昴が暢気《のんき》に言いながら、部屋のドアを開けた。緊張し切っていた千里の体から、一気に力が抜けていく。

(嘘だろ、母さん)

もっと昴とキスがしたいのに。二人きりのひとときを邪魔されて、がっくりと落とした千里の肩を、不意に大きな手が包む。

「千里」

ぐいっ、と力強く抱き寄せられて、千里は面食らった。足がうまく動かないせいで、昴の胸に凭《もた》れるように、すっぽりと収まってしまう。

「すごい音。――かわいい、千里。大好きだよ」

気が付いたら、心臓のすぐ上に、昴の耳があった。彼を空港で待っていた時から、どきどきしっ放しの鼓動を盗み聞きされて恥ずかしい。

キスを意識し過ぎている自分を、いったいどうしたらいいんだろう。

「もう…っ。昴があんなことしたから。心臓が壊れそうなの、昴のせいなんだからなっ」

まるで、知ってる、とでも言いたげに昴が笑う。千里はいっそう顔を真っ赤にして、昴の腕の中で小さくなるしかなかった。

2

「――はい、お腹《なか》の方を診《み》ますよ。ちびくん動かないでね」

昴が帰国した翌日。この日はちょうど、ちびの定期検診で、千里は昴と二人で沢登《さわのぼり》動物クリニックを訪れていた。

薄いゴム手袋をした沢登院長の指が、ちびの真っ白なお腹の毛を掻き分ける。迷惑そうな顔で見上げられて、千里はつい苦笑した。

(気持ちは分かるよ、ちび。ちょっとだけ我慢して)

ゴム手袋のせいで、毛が突っ張るような感じがして、猫側としては触診は不快なのだ。それを承知している千里は、診察台のそばでちびを見守っていた昴に、そっと耳打ちをした。

「後でいっぱい撫でて、ご機嫌取ってやらないと」

「ちびの検査嫌いは相変わらずだな。注射が特に苦手でさ」

「――うん。よく知ってる」

「そういうところは、不思議と千里そっくりなんだよな。保護してすぐのワクチン注射の時なんか、あの抵抗っぷりは今思い出しても笑えるよ」

「はは、ははははは」

まさか、その時ちびの中に自分が入っていたとは言えず、千里は笑ってごまかすしかなかった。

（ごめん、ちび！　お前に悪いことしちゃった）

心の中で謝りながら、嫌な思い出しかない診察台から目を逸《そ》らす。注射嫌いな千里のせいで、ちびまで不名誉なことになってしまった。でも、ちびの里親になったからには定期検診は欠かせない。

「ちびくん、お疲れ様。特に異常もなく、順調に成長しています。今後は体重が急激に増加しないように、食事量に気を付けてあげてください。メニューの参考に、レシピの冊子を渡しておきますね」

「はい。ありがとうございました」

沢登動物クリニックでは、ペットの種類や年齢別に栄養指導をしてくれる。捨てられた動物の保護にも熱心な病院で、ちびもここで出会ったブリーダーにもらわれていくはずだった。でも、そのブリーダーはオスの三毛猫のちびを、第三者に高い値段で転売しようとしていた。

（あの時は必死で逃げたな。間接的に、俺はちびを助けることができたんだ）

もし転売されていたら、ちびがどんな目に遭っていたのかと思うと、想像するだけでぞっとする。不正な方法で動物を取り引きする人が、ちびを大事にしてくれるとは思えない。たとえ珍重されているオスの三毛猫でも、千里はちびを、普通の飼い猫としてかわいがってやりたかった。

「羽野《はの》くん。ちびくんは、いい里親さんと巡り会えてよかったですね」

「はい。一番信頼できる人にちびを任せることができて、俺も安心してます」

「昴――」

そんなにさらっと、嬉しいことを言わないでほしい。

照れてもじもじしている千里と、ちびを抱き上げてあやしている昴に、診察を終えた沢登が柔らかな笑みを向ける。

「そう言ってもらえると、私もほっとします。前は悪質なブリーダーを紹介してしまって、すみませんでした」

「あ…、いいえ。こっちこそすみません。先生に迷惑をかけて」

「こちらのチェックが甘かったせいです。あれ以来、里親募集の掲示板は会員制にしたんですよ。今のところトラブルもなく、保護猫も保護犬もらわれた先で元気にしています」

「そうですか。よかった――」

昴が心から嬉しそうにして、ちびの頭の後ろの毛に頬を埋《うず》めている。少しだけ、ちびが羨《うらや》ましく思えたのは秘密だ。

応接室で冷たい麦茶を出してもらった後、定期検診を終えた千里は、ちびを連れて昴の家に向かった。高校の卒業式の日に、家族でボストンへ引っ越して以来、彼の家は無人になっている。帰国している間だけ寝泊まりできるように、掃除をしに行くのだ。

「俺の家でずっと泊まってもいいのに。ちびもいるしさ」

「何日も世話になったら、おじさんとおばさんに悪いだろ。俺の家、もうすぐ賃貸に出すから、勝手に入れなくなるんだ。不動産会社に管理を任せる前に、ちょっと家の中が荒れてないか見とけって、うちの親に言われたんだよ」

「え…。昴の家、違う人が住むの？」

「うん。父さんのボストン駐在は最短で三年らしいし、俺も大学を出るまでもっと時間がかかるし、空き家のままにするより、誰か住んでもらった方が防犯上いいんだって」

「……そうなんだ……。寂しいけど、そういう理由じゃしょうがないな」

「当分自分の家じゃなくなるけど、最後に千里と一緒に過ごせるから、俺的には嬉しい」

昴がまた、どきどきするようなことを言う。照れ隠しに、千里はリードをつけて歩かせているちびの頭を撫でた。

「嬉しいのは、俺だって同じだ」

「高二の修学旅行以来だよ、千里と泊まりがけで何日も過ごすの」

「うん。久しぶりだね」

ちびとして千里が昴と過ごした十日間は、けしてカウントされない、千里だけの秘密だ。

でも、今日から昴がボストンへ帰る日まで、彼の家で一緒にいられる。昴とまた二人だけで過ごしたかったから、嬉しくてたまらなくて、平気な顔をしているのが大変だ。

「修学旅行、懐かしいな。長崎・福岡四泊五日の旅」

「大浦天主堂、グラバー園、ハウステンボス、太宰府《だざいふ》天満宮、博多天神、あと何だっけ」

「門司《もじ》のレトロ地区と関門海峡」

「そう、それ！　――俺は半分も見学できなかったけど」

「昴は右膝《ひざ》のリハビリ中だったから、仕方ないよ」

昴の肩を、ぽんぽんと叩《たた》いて、せっかくの修学旅行を楽しめなかった彼を慰めた。

サッカー部の練習中に右膝を痛めた昴は、長時間歩くことができずに、修学旅行をほとんどバスの中か、ホテルの部屋で過ごしていた。クラスの友達と班別行動するのをやめて、千里も昴に付き添っていた。

「俺のせいで、千里もあんまり見て回れなかっただろ？　俺、行かない方がよかったかなって、後で反省したよ」

「駄目だよ。昴が修学旅行を休んだりしたら、多分クラスで暴動が起きてた」

「はは。何それ」

「昴は人気者だったから。昴の右膝の手術が無事に終わって、みんな一緒に旅行するの楽しみにしてたんだ。おんぶしてでも昴を連れて行こうって、相談もしてたよ」

「初耳だよ、そんなの。全然知らなかった」

「昴に付き添うのも、本当はみんなで交代制にするはずだったんだ。……でも、俺がやるよって、自分で立候補した」

「え?」

「あちこち見て回るより、昴のことを独り占めしてるみたいで、俺はそっちの方が嬉しかったよ」

あの頃は打ち明けられなかったことも、今なら正直に言える。人気者の昴を独占していたかった千里は、欲張りな親友だった。

「何で黙ってたんだよ。その話」

昴はほんの少しだけ、怒った顔をした。どうしてだろう。その顔を見ていると、幸せなのに切なくて、ほろ苦い気持ちになる。

「言える訳ないだろ。言ったらあの頃の俺の本当の気持ちが、昴にばれてしまう」

「千里——」

「親友の立場を超えちゃいけないって、いつも自分を抑え込んでたんだ。昴のそばにいると、罪悪感ばっかり抱いてた。でも、やっぱり一緒にいたくて、頭の中はぐちゃぐちゃだったよ」

千里が昴に見せていた親友の顔は、嘘つきな仮面に違いなかった。友達の感情の裏側にあった、昴には秘密にしていた熱い感情。どんどん昴に傾いていく自分のことが、あの頃はとても怖かった。

すると、は、と短い溜息をついて、昴が立ち止まった。

「俺――、もっと早く千里に、好きだって言えばよかった」

一瞬、二人の間に流れた沈黙を、蝉時雨《せみしぐれ》が掻き消した。

昴に抱き上げられたちびが、大きく育った前足を伸ばして、話の続きを促すように彼の服の上を叩く。とくん、と胸を鳴らして、千里も立ち止まった。

「修学旅行の時、一人で俺に付き添ってくれてる千里を見て、思ったんだ。俺は千里がそばにいてくれたら、他に何もいらないんだな、って。……独り占めしてたのは、俺の方だよ。クラスの誰にも、千里を譲りたくなかった」

頭の先から、かっと熱くなっていくのは、容赦なく肌を焼く太陽のせいじゃない。足元が不安定にゆらゆらしているのも、陽炎《かげろう》のせいじゃない。修学旅行の思い出と、今現在の自分たちが、夏の空気と綯《な》い交《ま》ぜになって眩暈《めまい》を引き起こした。

「昴。後になって、そんなこと言うの、ずるいよ」

二人とも、片想《かたおも》いの遠回りをした後で、やっと向き合って立っている。あの頃の自分が、昴の気持ちを知っていたら、両想《りょうおも》いになるまでもっと近道ができただろうか。

「千里、修学旅行の時と、今と、気持ちは変わらない？」

確かめるように、昴の黒い瞳が真剣になる。射貫くような強いその眼差《まなざ》しは、まるでサッカーのシュートだ。

思い切り蹴り込まれた昴からのシュートが、千里の胸の奥にまっすぐに届く。でも、昴ばかり華麗なシュートを決めさせるのは悔しいから、千里はわざと首を振った。

「ううん。あの時とは変わったよ」

「え…」

「今の方が、ずっと昴のことが好きだ」

回り道をした分だけ、たくさん積み重なった想いを、千里は告げた。

過ぎた時間は取り戻せない。でも、好きだと言えなかった過去に帰りたいとは思わない。

くらくらする強い夏の陽の下で、千里と同じ想いをいだいている昴が苦笑する。

「——ったく。ずるいのはどっちだよ」

ちびを抱いていない方の昴の手が、すうっと伸びてきて千里の手を捕らえた。千里が驚く暇もなく、昴は手を繋《つな》いでそのまま歩き出す。

「千里のせいで熱中症になった。近くのコンビニで飲み物買っていこう」

「ちょっ、人に見られるよ、昴」

「大丈夫。こんな暑い日に、俺たちくらいしか歩いてないよ」

昴の言う通り、辺りを見回しても誰もいない。自分たちのことを知っているのは、背中から照りつける太陽だけだ。

「千里、俺が大学を卒業してこっちに戻ってきたら、修学旅行のやり直しをしよう。あの時に見て回れなかった街を、千里とこうして歩きたい」

「う、うん…っ。しよう、やり直し。二人だけの修学旅行だ」

絡めた指にどきどきして、汗ばんでしまいそう。昴の体温が熱くて仕方ないのに、約束できたことが嬉しくて、千里は繋いだ手を離さなかった。


「うわ…っ、あっつい！　千里、早く窓開けよう、窓」

「うん。すごい、空気がこもってるね」

しばらく誰も足を踏み入れていない家の中は、サウナのように熱気が充満していた。久しぶりに帰ってきた自宅の廊下に、ちびを放して、昴が感慨深そうに言う。

「覚えてるか？　ちび。お前もこの家で、十日間くらい暮らしたんだぞ」

記憶に残っているのか、残っていないのか、にゃうん、と答えたちびの隣で、千里はばつの悪い思いをした。

（ごめん、昴。あの時は昴とおばさんに、ご飯もお風呂も全部世話になっちゃって）

昴が作ってくれた、寝心地のいい猫ベッドのことを覚えている。初めて飲んだ猫用ミルクのおいしさも。昴のそばにいるだけで、無条件で優しくされて、どんなに甘えても叱られなかった。

（一番早く、ちびがオスの三毛猫だって気付いたのは、昴だったな）

ちびが特別な『幸運を呼ぶ猫』だと知って、まるで自分のことのように誇らしかった。ちびとしてこの家で暮らした、夢のような十日間のことを、これから先も絶対に忘れない。

「あ――、そうだ。ちびにはあんまり、この家はいい思い出じゃないかも」

「えっ？　どうして？」

「俺がボストンに引っ越す直前に、ちびが具合を悪くして、ミルクも水も受け付けなくなったんだ。沢登先生はストレスだって言ってたけど、結局原因はよく分からなかったな」

「あ、そ、それは……、その」

ちびの体調不良は恋煩いだったと、正直に説明することができなくて、千里は口ごもった。昴に好きな人がいると勝手に思い込んで、失恋した気になっていた千里は、ちびの体に負担をかけてしまったのだ。

その経緯を知らない昴は、申し訳なさそうな顔をしてちびを見つめている。自分が悪いのに、昴に責任を押し付けているようで、千里はいたたまれなかった。

「俺より、もっとちゃんとした人が、ちびを保護するべきだったんだ。結局入院までさせたし、悪いブリーダーに騙《だま》されそうになったし。情けないよ。俺がこいつの飼い主になれなかったのは、当然だよな」

昴は廊下にしゃがみ込んで、よしよし、とちびの頭を撫でた。

昴に体を擦《す》り寄せて、気持ちよさそうにしているちびが、彼のことを慕っていない訳がない。自分のことを責めている昴に、千里は黙っていられなくて首を振った。

「昴以上に、ちびを大事にできる人なんていないよ」

「千里……」

「公園でちびに初めて会った時から、昴は優しくしてたじゃないか。昴が保護しなかったら、ちびは野良猫のまま、あの公園で生きていかなきゃいけなかったかもしれないよ」

「でも、俺は余計なことをしたんじゃないかな」

「そんなことないって。この家に連れて来られて、たくさん世話してもらって、ちびはすごく嬉しかったと思う。具合を悪くしたのは、きっと、たまたまだよ」

本当のことを打ち明けられないのは、とてももどかしい。ちびの中に自分がいたなんて、昴はきっと信じないだろう。

ちびの体から離れてしまった千里には、猫の心を想像することしかできない。でも、あの十日間の奇跡は本当に起きたことだ。ちびも自分も、昴のことが大好きだから、神様が与えてくれた奇跡だったのだと信じたい。

「ちびがこんなに大きくなれたのは、昴が拾ってくれたおかげだ。なあ、ちび？　昴にありがとうって、言いたいよな？」

千里はちびを抱き上げて、大人になりかけの黄色い瞳を覗《のぞ》き込んだ。うん、とちびが頷いてくれた気がして、嬉しくなる。

「ほら、昴、ちびがお礼言ってる」

前足をそっと交差させて、千里はちびに、お辞儀をする格好をさせた。少しも嫌がっていないちびを見て、昴は安心したように微笑んだ。

「千里の方が、俺よりちびの気持ちが分かってるみたいだな」

「もう五ヶ月も一緒にいるからね」

本当は、それより十日間長く一心同体でいたけれど、千里はちびとの秘密を黙ったままでいた。

「俺もちびのことが好きだから、うちで飼ってやれて嬉しいよ」

「千里」

何度もちびを撫でた手を、昴はそっと、千里の方へと伸ばしてくる。優しい掌《てのひら》に頬を包まれて、一瞬千里は呼吸を止めた。

昨日キスをしてくれた頬に、昴はまた、唇で触れた。ちゅ、ちゅ、と啄《ついば》むようにされて、昨日よりももっと千里は溶けていく。

「千里。ちびの飼い主になってくれて、本当にありがとう」

「……うん」

お礼のキスより、恋人のキスがいい。我《わ》が儘《まま》な衝動が、千里の胸を熱くする。今度は自分から昴に触れたくて、どきどきしながら彼の唇に自分の唇を近付けた。

「昴」

にゃあああん。もう少しで重なりそうだった唇が、ちびの鳴き声に邪魔される。千里と昴の間で、かまって、と言いたげに、ちびはお腹を出して寝転がった。

「ちび――。今いいところだったのに」

無邪気なちびを怒ることはできなくて、千里は溜息をついた。昴も同じ気持ちだったのか、困ったように微笑んでいる。

「残念」

「もう、しょうがないな。昴、ちびを早く遊ばせてやろうよ」

「うん。その前に、掃除しなきゃ。とりあえず換気して、雑巾《ぞうきん》掛けするか」

「水道とか使える？」

「契約はしたままだから、水も電気も使えるよ。二階の窓を開けてくる」

階段を上っていく昴を、ちびは機敏に身を翻して、たたっ、と追いかけていった。

「ちび、『猫の手』を貸しに行ったのかな」

二階には、猫ベッドを置いていた昴の部屋がある。まるで自分の足跡を探しているような、ちびの丸い後ろ姿を、千里は階段の下で見守った。

3

「千里の家のカレーは、肉は何入れる？」

「うちは豚かな。角煮みたいにとろとろになるまで、大きい塊《かたまり》を煮込むんだ」

「うまそう。うちは牛肉か鶏肉。たまにハンバーグがのってる」

「それいいなあ。肉の他の材料は、じゃがいも、たまねぎ、ニンジン、あとカレー粉だけ？」

「福神漬け忘れてるよ。ラッキョウも」

「ラッキョウは却下。断固拒否する」

「苦手だっけ？」

「うん。福神漬けいっぱい欲しい。ちょっとしょうゆを垂らしても合うんだよね」

「あり得ない。カレーにかけるのはとんかつソースだろ」

「え〜〜〜？」

スーパーマーケットの軽快なＢＧＭに、千里の脱力した声が重なる。

昴の家を大掃除した翌日。千里は母親に書いてもらったカレーの材料のメモを手に、昴と二人で夕食の買い出しに来ていた。

「とんかつソースはどうかと思うけど、二人で料理するの楽しみだなあ」

昴と一緒に食材を買うのは初めてで、たまに母親におつかいを頼まれる時よりも、陳列されている野菜や果物がおいしそうに見える。

今日から昴の家に泊まって、二人きりで過ごす予定だ。最低限の調理器具と、食器と、着替えと、それらをまるでキャンプにでも行くようにバッグに詰めて、自転車の荷台に載せてきた。

「知らなかったよ、俺。千里が包丁を使えるなんて」

「カフェのバイトを始めて、店長さんにちょっとだけ教えてもらったんだ。ドリンクのグラスにレモンとか飾ったりするから」

「バイトか……、いいな。俺もこっちの大学なら、やってみたいんだけど」

「アメリカの大学って、入ってからが大変なんだろ？」

「うん、卒業するまで勉強漬け。今のうちにせいぜい遊んどけって、コーディネーターさんが言ってた」

「コーディネーター？」

「俺みたいに、外国から進学する学生のサポートをしてくれる人。俺は家族で住んでるけど、一人暮らしをしてる留学生も多いから、みんな頼りにしてるよ」

「へえ、そういう話、もっと聞きたい」

「カレーを作りながらゆっくり話そう。他に買いたいもののない？」

「デザート買ってないよ。果物のとこ見に行こう」

昴が押していたカートが、からころ音を立てて、スーパーの通路を横切っていく。二人であれこれ相談した結果、デザートはスイカになった。

レジで割り勘をして、店の外に出ると、昨日と同じように強い陽射しが照りつけている。食材を入れたエコバッグを自転車の前カゴに載せて、昴の家まで二人で並んで歩いた。

「昴、ちびを連れて来なくてよかったの？」

「うん。昨日病院で検査しただろ。あいつを休ませてやりたいから」

「あ…、そっか。昴はやっぱり優しいな」

「ううん、違うよ。——今日から本当に、千里と二人きりだ」

昴が急に声を小さくしたから、千里の胸の奥が、とくん、と鳴る。ちびがいないことを意識した途端、鼓動が乱れてしまう自分に呆《あき》れた。

昨日、ちびにキスを邪魔されたことを思い出すと、恥ずかしくて何も言えなくなる。昴と恋人らしいことがしたいのに、お預けをくらったようで、胸がじりじりした。

(昴も、俺と早く二人きりになりたかったんだって、思ってもいいかな)

確かめたいのに、確かめられない。黙り込んだ理由を、頭上から雨のように降る蟬の声のせいにして、千里は気を取り直した。

昴の家に着くと、満杯の荷物を二人で運んで、早速夕食の準備に取り掛かる。高校の頃は、昴の母親がキッチンに立って、手作りのおやつでもてなしてくれた。五ヶ月前は、猫用のミルクを作ってもらったことを懐かしく思いながら、千里は買ってきた肉や野菜を、調理台に並べた。

「昴は鍋とか用意してて。テーブルや椅子がそのまま残っててよかったよ」

「うん。今ある家具や家電は、賃貸に出す時に不動産屋が纏《まと》めて処分してくれるんだ。あ、おばさんが持たせてくれたサラダ、冷蔵庫に入れとかないと」

「あれドレッシングがめちゃうまなんだよ。父さんの大好物でさ」

「おばさん本当に料理うまいよな。カレーもちゃんとおばさんのレシピ通りに作ってよ、千里」

「だーいじょうぶだって。心配すんな」

昴にいいところを見せたくて、千里は胸を張った。

猛暑でなかなか冷たくならない水が、野菜を洗う千里の両手から、銀色のシンクへと流れていく。自分の家から持ち込んだ包丁で、じゃがいもの皮を剝《む》いた。

刃元を使って器用に芽を取っていると、隣から昴が覗き込んでくる。

「千里うまい。手慣れてるな」

「これくらいできるよ。学校でも同じ班で調理実習やっただろ?」

「俺は確か、味見と洗い物係だった」

「思い出した。女子がパンケーキ作った時に、サッカー部に山ほど差し入れしてたよね」

都内では強豪校と呼ばれていたサッカー部は、女子に人気があって、練習を見に来る子も多かった。黄色い声援のほとんどは、エースストライカーの昴に向けられていて、しょっちゅう差し入れやプレゼントをもらっていた。

(ファンレターも、いっぱいもらってた。本気の手紙もあったのに、昴は誰とも付き合わなかった)

サッカーに集中したいから、と、女子からの告白を昴が断っていたことを知っている。クラスの他の友達は、モテる奴は贅沢《ぜいたく》だとやっかんでいた。でも、千里だけは、誰にも靡《なび》かない昴を見てほっとしていた。

グラウンドの外で、カメラを構えて昴を追っていた千里は、彼のファンの女の子たちと何も変わらない。千里が夢中で切ったシャッターは、きっと黄色い声援と同じだった。

「――昴、あんなにモテてたのに、どうして女子と付き合わなかったの?」

「千里からそんな質問されるとは思わなかった」

「ご、ごめん。でも……、気になって。かわいい子いっぱいいたし、一人くらい、昴が好きになる子がいても、おかしくないだろ」

「千里。俺がかわいいと思ったのは、千里だけだよ」

「昴――」

「好きで、付き合いたいと思ったのも、千里一人だけだ。他の人は目に入らない」

ことん、と剝きかけのじゃがいもと包丁を置いて、千里は呆然《ぼうぜん》とした。

昴の強い想いに圧倒される。嬉しいとか、感動したとか、そんな言葉では言い表せられない。とても熱いものが胸の中に膨らんできて、息が苦しい。

「いつから？　昴はいつから、俺のことを、その、好きになったの」

「最初に顔を覚えたのは、入学式の前のホームルームだよ。中学が一緒の奴らで、みんな固まってたろ。光峰《こうほう》中のグループに千里がいて、制服だぶだぶでかわいいのがいるなって思ったんだ」

「え…っ、俺その時、昴のこと全然覚えてない」

「全然？　ショックだな」

「ごめん。知らない中学の生徒ばっかりで、多分緊張してテンパってたんだ」

「千里を初めて見た時から、シャイで内気そうなのは分かったよ。何となく気になってた千里が、カメラ持ってサッカー部のグラウンドを見てたから、思い切って声をかけてみたんだ」

「それは、ちゃんと覚えてる。目の前でかっこいいシュートを決めた奴が話しかけてきて、びっくりしたよ」

「かっこいいのは、カメラを構えてた千里の方だ」

「俺？」

意外なことを言われて、千里は小首を傾《かし》げた。過ぎていった時間を遡《さかのぼ》るように、昴が遠い目をする。

「――不思議だったな。教室で見る千里は、内気でおとなしいのに、写真を撮ってる時は全然違う。真剣にファインダーを覗き込んでる千里は、男らしくてかっこよかった」

「そ…、そんなの俺、人に言われたことないよ。昴だけだ」

「千里には、かわいいところと、かっこいいところが両方あるんだ。だんだん目が離せなくなって、千里のことばっかり追いかけてるうちに、好きになってた」

「昴、俺は、男なのに？　俺のことを好きになるの、怖かっただろ？　俺はすごく、怖かったよ」

「……うん。千里のことを、そういう風に想うのは、おかしいことだって分かってた。絶対に片想いで終わる覚悟もしてたよ」

「昴」

「だから、千里が俺のことを好きになってくれて、俺の家で、一緒にご飯作ってるなんて、夢を見てるみたいなんだ」

「夢なんかじゃないよ」

千里はまるで、自分に言い聞かせるように、その言葉を噛《か》み締めた。

親友でいられなくなるのが怖かったくせに、好きになるのを止《や》められなかった。同じ想いを抱いた昴の肩を、ぎゅ、と摑《つか》んで、自分の方へと引き寄せる。

「千里……っ？」

「夢じゃない証拠」

頬を抓《つね》る代わりに、千里は昴のそこに、唇を寄せた。小麦色に焼けた肌を、小さく啄むと、一瞬だけ時間が止まったような気がした。

拙《つたな》いキスが、千里の唇を震わせる。昴の頬も震えていた。もっと触れたい——同時にそう思った四本の手が、互いの体を掻き抱く。

「昴、俺、昴のことが好き。昴ともっと、キスしたい」

「俺も——」

「今度は、昴の方からも、してほしいな」

うん、と囁く声と、昴の息を、千里は唇で感じた。

恥ずかしいほど正直な自分たちを、笑う人も叱る人も誰もいない。目を閉じた瞬間、本当に本当のキスが、二つの唇を一つにする。

「……ん……っ」

初めて触れた昴の唇は、壊れそうに柔らかくて、溶けそうに温かかった。食べたらすぐになくなってしまうお菓子のようで、もったいなくて、唇をくっつけたまま動けない。

（ふわふわしてる。俺たち、恋人になれた——？）

千里が昴を強く抱き締めると、昴はもっと強い力で抱き返してくる。だんだん息が苦しくなってきて、水泳のように、ぷあっ、と唇を離して息継ぎをした。

「は…っ、は……」

酸欠に喘《あえ》ぎながら、汗ばんだ頬を寄せ合って、キスの余韻に溺《おぼ》れた。唇が痺《しび》れたようにじんじんしている。昴も同じなのか、彼の声はたどたどしかった。

「千里、嫌じゃなかった？　正直に言って」

「全然、嫌じゃないよ……。昴と恋人のキスができた。すごい、どきどきしてる」

「俺も、心臓が痛いよ。千里、絶対、俺のこと嫌わない？」

「嫌わない。約束するから、もう一回しよう？」

「うん。千里、好き――好きだよ」

吸い寄せられるように、また唇を重ねて、一度目よりも確かなキスを分け合う。強く押し当てたり、食《は》んだり、不器用に唇を動かし合っているうちに、くちっ、と濡《ぬ》れた音がした。

「ん、ふ……、んん……っ」

初めて聞いたそれは、恋人どうしにしか聞こえない、秘密の音だったのかもしれない。

昴の唇が、千里の唇の隙間に互い違いに入り込み、歯列の上を柔らかく圧する。噛んでしまいそうで、怖くて口を開けたら、ざらりとした熱い塊が歯の先をなぞった。

「ん――！」

口腔《こうこう》をいっぱいにしたそれが、昴の舌だと気付いた途端、千里は惑乱した。こんな深いキスは知らない。唇を重ねるだけで精一杯だった千里を、くちゅくちゅと音を立てて動く舌が、口の中から蕩《とろ》かそうとしている。

「……んく……っ、んっ、ん、う。すばる——、待っ……」

大人なキスに、気持ちも意識も追い付かなくて、千里は唇を捥《も》ぎ離そうとした。でも、すぐに昴に捕らえられて、いっそう深いキスを与えられる。

(昴が、俺の口の中で、暴れてる)

きつく閉ざした瞼の裏が、真っ白に染まり、千里は何も考えられなくなった。体じゅうが熱くなって、お腹の奥の方から何かが湧《わ》き上がってくる。疼《うず》くような、切ないような、昴のことを抱き締めていないと立ってさえいられない。

(何、これ、俺……っ、おかしくなる——)

足元がぐらりと揺れて、バランスを失《な》くした千里の体は、後ろに傾いだ。近くにあったダイニングテーブルが、倒れ込んだ千里の背中を受け止める。自分の上に、抱き合ったままの昴の重みを感じて、千里は、はっとキスを解いた。

「昴——」

ギシッ、とテーブルが軋《きし》んだ拍子に、千里の後頭部を痛みが襲った。頭を無防備にテーブルに打ち付けて、思わず体を縮める。

「痛……っ」

「千里？　千里っ」

「だ、だいじょぶ。……お、俺、かっこ悪い……」

「ごめん！」

昴が慌てて、体を離した。彼は真っ青な顔をして謝っている。さっきまでキスに夢中になっていたのに、甘い時間は唐突に終わりを告げた。

「千里、そのままじっとして。すぐに頭を冷やすから」

「平気だよ。ちょっと打っただけだし、そんなに慌てなくても」

「駄目だ！　ケガしたらどうするんだ！」

「……昴……？」

昴は冷蔵庫の扉を開けて、よく冷えていたペットボトルを取り出した。それを千里の後頭部に宛《あて》がい、水で濡らしたタオルで覆う。

千里にはおおげさに思える応急処置を、手際よく続けながら、昴はますます顔を青くした。彼の様子がおかしいのは、顔色だけじゃない。タオルを押さえる手が震えている。

「ごめん、俺が調子に乗って、バカなことをしたから。千里、まだ痛む？」

「う、ううん、もう、治ったよ。心配しなくても、平気」

「リビングまで歩けるか？　ソファに横になって、休んで」

「昴、本当にもう、大丈夫だから。そ、そうだ、カレー作らなくちゃ」

「俺がやる。動かなくていいから、頼む、千里。休んでてくれ」

真剣な昴の瞳に気圧《けお》されて、千里はそれ以上何も言えなくなった。

昴に肩を貸してもらいながら、リビングまでゆっくりと歩き、ソファに体を横たえる。ひんやりした革の感触と、自分を見下ろしている、今にも泣き出しそうな昴の顔。その顔に見覚えがあって、千里はどきっ、とした。

(あの事故の時と、同じだ)

交差点を自転車で渡っていて、千里はダンプカーに撥《は》ねられた。事故現場に駆け付けた昴は、道路に投げ出されて動かなくなった千里を、懸命に呼んで助けようとしていた。

(俺が、頭を打ったから、昴はあの時のことを思い出したのか)

ダンプカーに何メートルも撥ね飛ばされた千里は、アスファルトに頭を叩き付けられたせいで、意識不明に陥った。入院してからも、面会謝絶が続いたことを、見舞いに来てくれた昴は知っている。

(昴はまだ、俺の事故のことを、自分のせいだって思ってるのかな)

そうだとしたら、真っ青なままの昴の顔が痛ましい。昴は何も悪くない。

「昴、そんな顔、しないでよ」

「千里」

「テーブルで打ったくらいじゃ、ケガなんかしないから。もしたんこぶができても、すぐに治るよ」

千里が微笑んでも、昴は笑ってくれない。こんなにつらそうな顔をさせたくないのに。

千里は右手を伸ばして、ソファのそばに跪《ひざまず》いている昴の頬を、そっと包んだ。びくっ、と怯《おび》えたように震えた彼のことが、切なくてたまらなかった。

キスを覚えて、やっと恋人になれたと思っていた。あんなに触れ合って、千里と一つに溶けていた昴の唇が、また遠くなっていく。

「昴。キス、途中だった。続き……しようよ」

昴を見上げて、そうねだっても、彼は首を振るだけで、千里に触れようとしなかった。

「気分が悪くなったら呼んで。夕飯は、俺がうまいカレーを作ってやるから」

「俺も手伝う」

「いいから。エアコンのリモコン、ここに置いとくよ。昼寝でもしてて」

キッチンの方へと戻っていく昴を、どうすれば引き止められるのか分からない。キスの感触が残っている唇を、きゅっと噛んで、千里はもどかしい想いを打ち消した。

昼間の暑気が残る夜は、遅い時間になっても、涼しくなる気配がない。温《ぬる》いシャワーを浴びて、バスルームを出た千里は、自分の家から持って来たバスタオルで髪を拭《ふ》いた。

引っ越しで住む人がいなくなった昴の家は、処分される家具が置いてあるだけで、がらんどうだ。シャンプーやボディソープ、ドライヤーに歯ブラシ、思い付くものを全部持ち込んで、正解だった。

「昴、お風呂ありがとう。先に上がったよ」

昴のアメリカ土産のTシャツを着て、リビングに戻ると、夕食のカレーの香りが、まだ少し残っていた。

昴が作ってくれたカレーは、不器用に切った野菜がごろごろしていて、男っぽいカレーだった。昼間、昴と気まずい思いをしなければ、もっとおいしかったはずなのに。あまり食欲が湧かなかった千里は、カレーもサラダも、おかわりができなかった。

「千里、眩暈とかしてないか？　頭を洗っても痛くなかった？」

「大丈夫。昴は心配し過ぎだよ」

「ちゃんと髪を拭かなきゃ風邪ひくぞ。座って」

「……もう。過保護だな」

パジャマ代わりのTシャツと短パン姿の千里を、昴は半ば無理矢理リビングのソファに座らせた。テーブルの上には、デザートのスイカが切って置いてある。風呂上がりの渇いた喉《のど》

にはありがたい。

「いただきます」

どうぞ、とソファの後ろで囁いてから、昴は千里の頭を、タオルごと包んだ。まるで撫でるような優しい手つきで、髪を拭いてくれる。

（何だか、ちびに戻ったみたい）

少し照れくさくなって、ぽそ、とスイカを齧《かじ》ってごまかした。甘い夏の味が口の中に広がって、シャワーの火照《ほて》りが静まっていく。

「おいしい。昴も食べようよ」

「髪を乾かすのが先。昼間打ったところ、たんこぶができなくてよかったな」

「うん」

わしゃわしゃ、耳の端で、タオルと髪が擦《こす》れる音がする。不意に、昴の手つきがいっそう優しくなった。

「……旋毛《つむじ》の少し下、縫った痕《あと》がある。事故の傷だな」

「まだ残ってたんだ？　自分だと見えないから、よく分かんなくて。でも、本当にどこも痛くないし、後遺症も出てないから、安心してよ、昴」

「千里。でも、今も病院に通って、検査を受けてるだろ」

「うん、まあ。半月に一回だけど」

「それじゃあまだ、完全に治ったとは言えない。俺は千里に、元通りの体に戻ってほしいんだ」

「昴、どうしてそんなに、頑《かたく》ななの。意地を張ってるみたいだよ」

昴は小さな溜息《ためいき》をつくと、髪を拭いていた手を止めた。バスタオルごと、後ろから千里を抱き締めて、耳元に唇を寄せてくる。

「意地なんか張ってない」

耳朶《みみたぶ》を、昴の吐息とキスが掠《かす》めた途端、千里は震えた。唇を重ねて、息もできないくらい溶け合いたいのに、千里にじりじりさせたまま、昴は抱き締める腕の力だけを強くする。

「千里のことが大切だから。もう千里には、どんな小さなケガもしてほしくない」

「昴……」

「千里が意識不明の間、ずっと後悔してた。どうして俺は千里を守ってやれなかったんだろう、って。千里が目を覚ますのを、ただ待ってることしかできなかった、あんな思いをするのは、二度と嫌なんだ」

真摯《しんし》な言葉の裏側に、昴の苦しみが透けて見える。千里の事故を自分のせいだと責めながら、昴は病室で、一人で傷付いていたんだろう。

（俺がいけないんだ。俺が事故に遭ったから、いつまでも昴を苦しめてる）

あの事故の日から、まるで昴だけ時間が止まっているようだ。千里の意識が戻っても、傷が癒《い》えても、このままでは昴は足踏みをしたまま、前に進めない。

あの事故をなかったことにできるなら、今すぐそうしたかった。でも、不可能だと分かっているから、もどかしさだけが増していく。

すると、リビングに突然、携帯電話の呼び出し音が鳴った。賑《にぎ》やかな音楽が、重たくなりそうだった空気を解《ほぐ》してくれる。

「俺の電話だ。家からかも」

千里はソファを立って、着替えを入れたバッグの中で鳴っている電話を取り出した。画面を見ると、『ＲＩＯ』と表示されている。千里のバイト先のカフェだ。

「何だろう。昴、バイト先からなんだけど、ちょっと出てもいい？」

「うん」

「――もしもし、緒川《おがわ》です」

『緒川くん？　ＲＩＯの山崎《やまざき》です。こんばんは』

閉店時刻を過ぎて電話をかけてきたのは、店長だった。まだバイトに入って日の浅い千里に、丁寧に仕事を教えてくれる、頼りになる人だ。

『すまないね、遅い時間に連絡して』

「いいえ、大丈夫ですけど。どうしたんですか？」

『明日は空いてないかな。早番の子が急用で来れなくなってさ、君に代わりに入ってもらえないかと思って』

「明日、ですか。俺は今週いっぱいお休みをもらってます……」

『うん、そうなんだけどさ、他の子は都合がつかなくて、君しか頼めるバイトさんがいないんだ。どうかお願いします』

「ちょ、ちょっと待っててください」

千里は電話を保留状態にして、昴の方を振り向いた。スイカを齧っていた彼は、種を取って汚れた指を拭《ぬぐ》った。

「昴、明日バイトに入ってくれないかって」

「え？」

「店長さん困ってるみたいだし、俺まだ新人だから、断りづらくて。どうしよう……」

昴がせっかく帰ってきているのに、二人の時間を邪魔されたくない。でも、日頃から世話になっている店長のSOSを、無視するのも心苦しい。

千里が返事に困っていると、昴は仕方なさそうに苦笑した。

「俺のことは気にしなくていいよ。明日は適当に時間を潰《つぶ》してるから」

「昴、…いいの？」

「うん。千里は人に頼まれると嫌と言えないの、俺よく知ってるし。バイト行っておいで」

「ありがとう、昴。——もしもし、あの、明日大丈夫です、早番入れます。はい、…はい、分かりました。失礼します」

電話を切ってから、千里はぐったりとソファの背凭れに体を預けた。昴よりバイトを取ってしまったお人よしの自分に、バカバカ、と心の中で悪態をつく。

「ちゃんと休み取ってたのに――。昴、本当にごめん」

「ううん。新人なのに頼りにされてて、千里は偉いな」

「なるべく早く上がらせてもらえるようにするよ。忙しくないといいな」

「早番って何時？」

「モーニングの準備があるから、七時にはここを出なきゃ」

あぁあ、と溜息をついた千里の肩を、軽く揺すって、昴は立ち上がった。

「じゃあ明日は、早起きしないとな。二階の俺の部屋、すぐ寝られるようにしてあるから。千里はベッドの方を使って。俺もシャワー浴びてくる」

昴はそう言うと、食べ終わったスイカと皿を片付けて、一人でリビングから出て行った。

千里がバイトを優先しても、優しい昴は怒ったりしない。彼に甘えてばかりいる自分が情けなくなってきて、千里はまた溜息をついた。

（昴が嫌だって言ってくれたら、バイトを断ったのに）

そんな考えさえも、昴に甘えている証拠だ。千里は昴が乾かしてくれた髪をぐしゃぐしゃにすると、駄目な自分から逃げるように、二階の部屋へと階段を駆け上がった。

昴の部屋のドアを開けると、エアコンの風とともに、淡い明かりに照らされた室内の光景が目に入る。ベッドと、その下の床にセットされた、タオルケットや枕。高校の頃、千里が泊まりがけで遊びに来た時と、全く同じ光景だ。

「……あ……っ」

訳もなく、心臓がどくんと跳ねた。たった今まで意識したこともなかったのに、好きな人の家に泊まるということが、急に生々しく思えてくる。

「え、えっと、ベッド――は、やっぱり俺が使っちゃ駄目だよね」

わざと独り言を呟《つぶや》いて、千里は焦っている自分をごまかした。床に敷かれたマットに寝転がって、まだ眠れそうにない目を擦る。

明かりを点《つ》けたままの天井を、見るともなしに見上げていると、千里はふと、あることに気付いた。

（しばらく誰も住んでいないと、昴の匂いも、消えちゃうんだな）

日に焼けて色褪《あ》せたカーテンと、家具らしい家具はベッドしか残っていない部屋。ここは、千里がちびとして、十日間昴と一緒に暮らした部屋だ。

（猫は人間より鼻がいいから、この部屋にいると、昴の匂いに包まれてるみたいで、すごく安心した）

昴が作ってくれた猫ベッドは、処分されてしまったのか、もうどこにもない。人間に戻った千里も、嗅覚《きゅうかく》が鈍くなってしまったんだろう。鼻の神経を研ぎ澄ましても、エアコンの少し乾いた風の匂いしか、感じられなくなっていた。

(……ちびになる前から、何度も泊まった部屋なのに、知らない人の部屋みたい)

マット越しに、床の硬さを感じながら、何度も寝返りを打つ。ごろごろ、ごろごろ、時折マットからはみ出して、寝つけない時間を過ごしていると、部屋の外で物音がした。

「昴——?」

ゆっくりと階段を上がってきた足音が、ドアの前で停止する。しばらくノブが回らないことを、不思議に思った。

(どうしたのかな)

もう一度寝返りを打った後で、千里が起き上がろうとすると、やっとノブが動き出す。うんと子供の頃の、かくれんぼをしているような気持ちがして、千里はタオルケットを頭からかぶった。

「千里。何で床に?　ベッド使ったら?」

「………」

「寝てるのか?」

昴の足音が近付いてくる。タオルケットの内側は、千里の息遣いと、心臓の音でいっぱいだった。

「――猫ベッドに埋もれて寝てた、ちびみたいだな」

どきん、と大きな鼓動が、丸く体を縮めた千里の耳に響く。そっとタオルケットをめくられて、鼻先をくすぐった昴のシャンプーの香りに、眩暈がした。

どうして自分は、眠ったふりをしているんだろう。どうして鼓動が収まらないんだろう。昴の部屋で、二人きりでいることを、また意識してしまう。

「千里」

昴の声は、耳を澄まさなければ聞こえないくらい小さかった。千里の頬に温かなものが触れてきて、いとおしそうに撫でている。きっと昴の手だ。

(昼間の、続き、する――?)

打ち鳴らす千里の鼓動は、キスを待っていた。半開きの唇からは、短い吐息が漏れている。昼間、キッチンで夢中で交わしたキスのように、もう一度昴に触れてほしい。

「……ん……」

焦《じ》れた気持ちが、息とも声ともつかない響きになって、千里の枕元に零《こぼ》れ落ちた。

はっ、と昴が手を引っ込めて、立ち上がる気配がする。

「ごめん。千里」

昴がどうして謝るのか分からない。キスを待ち侘《わ》びて、膨らみ切っていた千里の想いが、疑問に変わっていく。

昴はそれきり、千里に触れるのをやめて、傍《かたわ》らのベッドを軋ませた。エアコンの風音に混じって、彼の溜息と、タオルケットに包まる音が聞こえる。

(キス、しないの？　昴。俺たちは恋人なのに)

固く閉じていた瞼を開けて、千里はベッドの方を盗み見た。

昴は千里に背中を向けて、少しも動かない。広いその背中が、緊張しているように見えたから、彼も眠っていないことは分かった。

二人して、目の冴えた夜を過ごしながら、言葉を交わせないままでいる。好きな人のそばにいるのに、背中を見ているだけで、指一つ伸ばせない。

(昴。……昴。俺もそっちに行ったら駄目……？)

床の上と、ベッドとの距離が、こんなに遠いなんて思わなかった。今自分が、猫だったらいいのに。この部屋でちびとして暮らしていた頃、昴によく抱っこをしてもらった。昴の胸の中はいつも温かくて、ねだったらねだっただけ撫でてくれる彼に、安心し切って身を任せていた。

ちびの時は簡単にできたことが、今はできない。昴を抱き締められる両腕があるのに、千里のそれは、猫の前足よりも役立たずだった。

(俺は、我が儘だ。ちびだった頃は人間に戻りたくて、人間に戻った今は、ちびが羨ましいなんて)

昂に触れたい。キスがしたい。溶け合うような唇の熱を感じたい。願うだけで踏み出せない自分に苛々《いらいら》する。でも、千里がもしそうしたとしても、昂はきっと拒むだろう。

（昂は、俺のことを大切にし過ぎてる。あの事故のせいで、俺が傷付くのを怖がってる）

昂の心の中には、今も消えない罪悪感がある。硬いその殻を壊さなければ、自分たちは本当の恋人になれない。

キスを覚えた千里の唇が、ずきんと疼く。好き、大好き、と、言葉で確かめ合うだけでは、もう足りない。親友から恋人に変わる、確かなものが欲しい。

（昂。昂のことが、もっと欲しいよ）

昼間のキスの最中に感じた、不可思議な熱が、千里の体の奥の方から湧き上がってくる。いくら千里が晩生で鈍くても、その熱が何なのか、少し考えれば分かった。

昂に、欲情している。下腹部に集中していく熱に、くらくら目を回しながら、千里はタオルケットを握り締めた。

（――昂がそこにいるのに、駄目だよ。静まれ、俺……っ）

緩いエアコンの風では、汗ばんでいく体を止められない。ベッドから昂の呼吸音が聞こえるたび、千里は身動《みじろ》ぎを繰り返して、いけない熱を忘れようと躍起になった。

4

「オーダー入ります。ランチセットで、トマトとサーモンの冷製パスタ、チーズハンバーグのロコモコお願いします」

「七番さん、ハニチキサンド上がったよー」

「はい！」

注文を取った伝票を、カウンターの隅に並べて、千里《ちさと》はほかほかの湯気が立っているホットサンドの皿を、トレーに載せた。店名のロゴがプリントされた黒いエプロンを、ひらりと翻して七番テーブルへと急ぐ。

「お待たせしました。ハニーチキンのホットサンドです」

「すみませーん、注文お願いしまーす」

「はいっ、すぐに伺います！」

店の内装に木をふんだんに使った自然派カフェ、『ＲＩＯ』は、千里が通う大学の近くにある、学生やサラリーマンに人気の店だ。ランチの時間帯は十席ほどのテーブルがいつも満員で、小さなカフェとはいえ、新人のバイトが一人でオーダー聞きと品出しをするのは骨が折れる。

厨房《ちゅうぼう》にかかりっきりの店長と、何とか協力し合ってランチを乗り切った午後一時過ぎ。まかないのナポリタンを食べながら、千里は汗が噴き出していたシャツの襟元を、ぱたぱたと扇いだ。

「今日はごめんねー。一人じゃ大変だったでしょ」

グラスに氷水を追加してくれた店長が、カウンターの向こうで申し訳なさそうにしている。千里は首を振って、店長自家製のケチャップで赤くなった唇を拭《ぬぐ》った。

「大丈夫です。一つもオーダーミスしなくてよかった——」

「うん、上出来だよ。緒川《おがわ》くんは、もう新人さん卒業だね。十分ホールを任せられるよ」

ねぎらってくれた店長に、千里は照れた顔で、どうも、と返事をした。

（お客さんが多くて助かった。動き回ってれば、余計なことを考えなくていい）

昨夜《ゆうべ》ほとんど眠れなかったせいで、油断をすると、あくびが出そうになる。今朝は、昴《すばる》がまだベッドに横になっているうちに起きて、朝食を作り置きしてから家を出た。

バイトで覚えたサンドイッチを、昴が喜んでくれたかどうかは分からない。おはよう、の一言も交わさなかった今朝のことを、千里は後悔していた。

（俺にほったらかしにされたって、怒ってないかな、昴。今何してるんだろう）

せめてちびがいれば、昴の相手をしてもらえたのに。もっと早起きをして、自分の家からちびを連れてくれればよかった。

昴のことを考えていると、まかないでバイトに一番人気のナポリタンの味が、だんだん分からなくなっていく。頬張《ほおば》ったそれを、千里は冷たい水で流し込んで、カウンター席のスツールを降りた。

「ごちそう様でした」

「はーい。片付けが終わったら、今日はもう上がっていいよ。お疲れさん」

千里は食べ終わった食器と、シンクに溜《た》まっていたグラスやカトラリーを綺麗《きれい》に洗って、エプロンを脱いだ。店の倉庫代わりのバックヤードで、ロッカーに入れていた私物を取り出していると、タイミングを計ったように携帯電話が震え出す。

(昴――？)

届いたばかりのメールを開いて、千里は目を瞠《みは》った。懐かしいものを写した画像が、電話の画面いっぱいに広がっている。

(うちの高校のサッカーグラウンドだ)

ユニフォーム姿の昴が、毎日駆け回っていた場所。彼のメールの文面に、千里は釘付《くぎづ》けになった。

――千里、今後輩たちとサッカーしてる。バイトが終わったら、千里も来ないか？

電話を握り締めながら、千里は無意識に頷《うなず》いていた。エースストライカーの昴が、懐かしいグラウンドにいる。千里はメールの返信をするのも忘れて、バックヤードを飛び出した。

「お疲れ様でした！　失礼しまーす！」

店の裏手に停《と》めていた自転車を漕《こ》いで、人通りの多い昼間の街を疾駆する。千里と昴が通った鶯凜《おうりん》高校までは、ここからたった一駅分ほどしか離れていない。

交通事故を繰り返さないように、車が走っていない裏道を選んで、千里はペダルを踏み締めた。

「急がなきゃ。昴のシュート、もう一回見たい……っ」

桜並木の青々とした葉の下で、木漏れ日を浴びながら通学路を進む。

その突き当たりの校門をくぐると、母校の広い敷地の中にある、部活動のために夏休みでも開放しているグラウンドから、生徒たちの歓声が聞こえてきた。

「ディフェンスラインを詰めろ！　中央のスペース空いてる！」

「羽野《はの》先輩、上がって！」

「昴に通させるな！　パスカットしろ！」

は、は、と息を切らして、千里はサドルから降りた。スチールのフェンスに自転車を立てかけて、グラウンドを見ると、駆け回るサッカー部員たちの中に昴がいる。

「ゴール前に蹴り出せ！　後は任せろ！」

「はい、先輩！」

昴に向かって、後輩部員が大きくボールを蹴る。ディフェンダーを振り切って、ゴール前に走り込んだ昴は、利き足の左足をバックスイングした。

「昴……っ」

条件反射のように、千里の手がポケットの中の携帯電話へと伸びた。愛用していた一眼レフとは程遠い、電話のカメラの甘いフォーカスで、昴の姿を捕らえる。部活を引退してから、サッカーをしている彼を見るのは初めてだった。

トラップをせずに、ピンポイントでボールに合わせた左足が、華麗なフォームでシュートを繰り出す。昴が放った一撃は、ものすごい速さでキーパーの手を弾き、ゴールネットを大きく揺らした。

「ノントラップボレーかよ！　お前イケメン過ぎるぞ！」

「ナイスシュート、羽野先輩！　俺らの勝ちです！」

「……すごい、昴……」

息をするのを忘れるほど、千里は昴に見惚《みと》れていた。

シュートを決めたエースストライカーに、後輩たちが次々と駆け寄っていく。ハイタッチをしている昴へと、相手チームにいた彼と同級生のOBたちが、悔しそうにブーイングを浴びせた。

「くそ…っ！　またやられた」

「ずるいぞ昴。サッカーやめた俺らに本気出すなよ！」

「体力落ちてるお前らが悪いんだよ。約束通り、みんなに差し入れのドリンク奢《おご》れよな」

「やった！　差し入れありがとうございまーす！」

太陽の下で楽しそうに響く声と、いくつもの笑顔。千里は今まで何度も、同じ光景を見てきた。グラウンドの外側から、一人でカメラを構えて、仲間たちとサッカーをする昴を見つめ続けてきた。

不意に、郷愁を誘うようなほろ苦い気持ちがして、千里はグラウンドに向けていた携帯電話を下ろした。すると、昴が千里を見付けて手を振ってくる。

「千里！　お帰り。バイト終わったのか？」

「……うん、ただいま。メール見たよ」

「あれっ、緒川じゃん！　お前事故でケガしたって聞いたけど、動いて大丈夫なの？」

「大丈夫。もう治ったから」

「久しぶりー。緒川、またカメラ小僧しに来たのかよ」

「久しぶり。カメラ小僧はひどいよ」

顔見知りの同級生たちにからかわれて、千里は携帯電話をジーンズのポケットに仕舞った。Tシャツを汗びっしょりにした昴が、千里のもとへと駆け寄ってくる。

「千里がグラウンドにいると、何だか、高校の時を思い出すな」

「俺もおんなじことを思ってた。今日はずっと、学校でサッカーやってたの？」

「うん。後輩たちから連絡が回ってきたんだ。こっちに帰ってるなら、練習に付き合ってくれって。同級の奴でサッカーを続けてるのは俺だけだからさ、後輩たちに好き放題やられて、もうみんなボロボロだよ」

「昴のさっきのすごいシュートが、とどめになったって感じだけど」

「はは。あのボレーはうまく決まったな。――千里が見てたから、失敗できなかった」

「昴、俺のこと気付いてたの？」

「うん。すぐに分かったよ。千里の視線は、熱くて特別だから」

耳元で恥ずかしいことを囁《ささや》かれて、千里は顔を赤くした。元から日に焼けていた頬が、ひりひりと火照《ほて》る。

「昴ぅ、俺らだけでミニゲームやろうぜ。さっきの仕返しをしてやる」

グラウンドでリフティングをしていた同級生が、まだサッカーをし足りない顔で、昴を挑発した。後輩たちは休憩時間なのか、ベンチで水を飲んだり、二人組でストレッチをしたりしている。

すると、フライパンで炙《あぶ》られているような、ゆらゆらと陽炎《かげろう》が揺れるグラウンドを眺めて、昴は、んん、と背伸びをした。

「千里、もう一ゲーム相手してくる。ベンチの方に木陰があるから、そこで涼んでて」

仲間からの挑発を、昴は受けて立つつもりのようだ。夏の太陽がよく似合う、白いTシャツの背中を揺らして、グラウンドへと歩いていく。

「またいいとこ見せるから。応援してくれ」

「……昴……」

こうやって一人、彼を見送るのも、高校の頃と同じだった。写真部だった千里は、昴と一緒にグラウンドの中に入ったことがない。そこはサッカーが好きな昴たちだけの聖域で、部外者が立ち入ってはいけないと思っていた。

(昴の写真、撮りたいのに。携帯電話じゃ、うまくシャッターチャンスを狙えない)

ポケットの上から、千里は携帯電話を強く握り締めた。まだ昴に恋をする前は、写真を撮ることが唯一、彼と繋《つな》がる方法だった。カメラを事故で失《な》くしたことが、焦燥になって千里を切なくさせる。

(昴、あの頃よりも、俺は昴と繋がっていたい。昨夜みたいに、昴の背中を見ているだけじゃ、嫌なんだ)

グラウンドの陽炎が、火のようにいっそう強く揺れて、昴と仲間たちを出迎えた。ゴールキーパーに一年生を二人立たせて、ハーフウェーラインの真ん中に集まったOBは、全部で九人。練習用の年季が入ったボールに、昴がそっと左足を乗せる。

「奇数か。一人足りないな」

「ベンチで寝転がってる奴、誰でもいいから叩《たた》き起こそうぜ」

「ちゃんと休ませてやらないと、熱中症になるよ。昴が二人分動くってことでいいじゃん」

「俺は別に、それでも負ける気しないけど？」

「こいつムカつく。やっぱりもう一人入れよう。誰かいないかな――」

ＯＢの一人が、ベンチの方をきょろきょろ見ている。偶数になるように、数合わせのメンバーを探しているんだろう。

その時、どくっ、と、今まで感じたことのない衝動が千里の中を駆け抜けた。どうしてそんな衝動が生まれたのか、理由は分からないけれど、自分もサッカーをしてみたい。昴が今立っている、あの真っ白なハーフウェーラインに、自分も立ってみたい。

「あ、あの……っ」

千里はおそるおそる、右手を挙げた。遠慮がちな千里の声を聞き付けて、昴たちが顔をこっちに向ける。

「俺じゃ、駄目かな」

「千里――」

昴が目を丸くしているのを見て、千里は怯《ひる》みそうになった。でも、衝動が萎《しぼ》まないうちに、さらに高く右手を挙げる。

「俺も、サッカーやりたい。仲間に入れて」

「緒川が？　えーっ！　おもしろいじゃん！　入れ入れ！」

「おーい、誰か緒川にスパイク貸してやって。緒川、足のサイズいくつ？」

「25・5だけど」

「25・5の奴！　ちんたらしてんじゃねーよ、お前ら、早く持ってってやれ！」

「は、はいっ！」

後輩たちが威勢のいい返事をして、千里の足に合うスパイクを持ってくる。履き慣れないそれに、ジーンズというアンバランスな格好で、千里はグラウンドへと駆け出した。

「緒川、サッカーどれくらいやったことある？」

「えっと、体育の授業だけ、かな」

「いいねいいねー。それじゃあ初心者の緒川は、昴と同じチームな。昴、お前にハンデだ」

「ハンデって…、千里に失礼だろ」

「昴、いいんだ。昴の足を引っ張らないようにするから、俺にもサッカーをやらせて」

「千里、本気か？　今まで一度もそんなこと言わなかったじゃないか。どうして？」

「昴がみんなと楽しそうにしているのを見たら、俺もやってみたくなったんだ。俺も昴みたいに、シュートを決めてみたい」

「千里……。あんまり無理なことするなよ？　ディフェンスは危ないから、俺と同じラインのフォワードに入って。ツートップ、ってやつだ」

「うん、分かった」

自分のポジションや、ゲームの進め方の簡単なレクチャーを受けて、ストレッチをする。運動をあまりしていない千里の体は、アキレス腱《けん》も太腿《ふともも》の筋肉も、がちがちに固まっていた。

「うっしゃあ、ゲーム始めるぞ。昴、今度こそお前に勝ってやるからな」

「千里をわざと狙ったりしたら、俺キレるから。よく覚えとけ」

「す、昴、顔が怖いよ」

「勝負はハーフタイムなしの十五分ゲームだ。キックオフはハンデ持ちの昴にやるよ」

「だからハンデって言うな。——千里、俺の蹴り出しでスタートだから。千里は軽く蹴り返して」

「うんっ」

ハーフウェーラインに千里と昴を残して、同級生たちがそれぞれのポジションに散っていく。グラウンドに俄《にわ》かに緊張が走ったその時、審判をしてくれた後輩が、ピーッ、と長い笛を吹いた。

「千里、行くぞ！」

ゲームが始まるとともに、昴の声が鋭く飛ぶ。ジョギングのような千里の走るスピードに合わせて、彼のパスがやってくる。

（昴から俺にくれた、初めてのパス）

柔らかく蹴り出されたそれは、他の人には何でもないパスだった。でも、千里は嬉しかった。

　昴と一緒にグラウンドにいる。一緒にサッカーをしている。喜びを隠せない右足で、千里はボールを蹴り返した。

「うまいぞ、その調子！」

「お前らのいいようにはさせるかよっ！」

　果敢に突っ込んできた相手チームの同級生が、昴のドリブルを阻止しようとする。昴はそれをひらりと交わすと、千里に向かって二度目のパスをした。でも、千里の足が辿《たど》り着くより早く、別の誰かにボールを奪い取られる。

「あ…っ！　昴ごめん！　取られた！」

「守りは任せろ。千里はゴールの方に向かって走れ」

「でも……」

「大丈夫。絶対千里のところに、パスを届けるから。俺を信じて待ってろ」

　昴はそう言うと、ディフェンスをしに相手チームを追った。パスを繰り返している敵から、華麗なスライディングでボールを奪う。

「千里、走れ！」

「わ、分かった！」

　昴の声に後押しをされるように、千里はスパイクでグラウンドの土を蹴った。こんなに思い切り、無心で足を動かしたのはいつぶりだろう。昴とサッカーをするのは楽しい。昴を信じて、彼がくれるパスを待つのは、嬉しくてたまらない。

「千里、そのまま止まるなよ！」

千里の遥《はる》か後ろで、昴の声と、彼がボールを蹴る音がした。グラウンドの外で見物していた後輩たちが、一斉にどよめき出す。

「あんなロングパス、通る訳ない」

「相手は初心者だろ？　いくら羽野先輩でも無理だよ……っ！」

昴が放ったパスは、緩やかなカーブを描いて、ぴったり千里の足元に落ちた。こんな魔法みたいなパス、昴にしかできない。

（すごい、すごい昴。やっぱり昴は、俺の一番のエースストライカーだ……！）

千里にロングパスを通した昴が、ハーフウェーラインを越えて、一気にゴール前へと駆け上がってくる。彼の速さに、相手チームも味方も誰も追い付けない。不器用にドリブルをしていた千里を、彼は大きな声で呼んだ。

「千里、こっちだ！　ラストパス！」

「うん…っ」

コントロールの悪い足で、昴へとボールを蹴る。威力のないパスは、あちこち不安定に転がって、やっと昴の左足へと届いた。

「昴、シュート！」

エースストライカーの渾身《こんしん》のシュートが、空気を切り裂くようにゴールへと向かっていく。

でも、俊敏なキーパーが手を精一杯に伸ばして、ボールをパンチングした。

「くそ……っ！」

昴のシュートを無駄にしたくない。キーパーに弾《はじ》かれ、中空へ浮き上がったボールへと、千里は無我夢中で飛び込んだ。

だんっ、と頭に走った衝撃を、千里が感じたのは随分後だった。ヘディングで跳ね返ったボールごと、ゴールに向かって雪崩《なだ》れ込む。一回転した千里の体は、ゴールネットでもみくちゃになりながら、地面へ倒れ込んだ。

「千里――！」

ビーッ、と遠いどこかで、審判が吹いた笛の音が聞こえる。後輩たちの歓声と、相手チームの溜息と、そして、駆け寄ってくるスパイクの足音。千里はその足音だけを頼りに、泥だらけになった顔を上げた。

「千里、大丈夫か、千里！」

「……昴……」

「バカ！　無理するなって言っただろ！」

「シュート、決まった……？」

「決まったよ。ナイスシュートだったけど、ヘディングなんかするな！　千里は頭を縫ってるんだぞ！」

「俺……、シュート決めたんだ、よかったあ……っ」

千里は這《は》うようにして体を起こすと、嬉しさに衝《つ》き動かされるまま、昴に抱き付いた。彼のTシャツについた泥を気にもしないで、ぎゅうぎゅう両腕に力を込める。

「ち、千里、苦しいよ」

「シュートを決めたら、昴はいつもみんなと、こうやってた。俺もグラウンドの中で、昴と一度こうしてみたかったんだ」

願いを叶《かな》えた抱擁に、千里は周りに人がいることも忘れて夢中になった。ゲームをしていた同級生たちが集まってきて、千里のことを心配そうに覗《のぞ》き込む。

「おい、すごい勢いで突っ込んで行ったけど、緒川大丈夫か？」

「うわっ、服ドロドロだぞ。取れなくなる前に、早く水で洗ってこいよ」

「――うん。俺がへたくそなせいで、ゲームを中断させて、ごめん」

「何言ってんの。ナイスファイト、いいゴールだったぞ。ハンデなんて言って、こっちこそごめんな」

抱擁を解いた千里は、同級生たちに手を引かれながら、ゆっくりと立ち上がった。みんなでハイタッチをしていると、昴が徐《おもむろ》に後ろを向いて、自分の背中を指差す。

「乗って、千里。水飲み場まで、おんぶして連れてってやる」

「え……」

「早く。ふらふらして危なっかしいから。擦り傷とかできてないか、ちゃんと調べないと」

「そうだよ、よくチェックしとけ」

「事故で入院してたんだろ？　いちおうアイシングの用意はしておくから、行ってこい」

「あ…、ありがとう、みんな」

同級生たちに急《せ》かされるようにして、千里は昴の肩に手を乗せた。ひょい、と千里を軽々おんぶした昴が、グラウンドを後にする。

昨夜、暗い部屋で見つめているだけだった、大きな背中。触れたくてたまらなかった昴のそこに、千里はいとおしさを込めて、自分を預けた。

運動部の生徒たちがよく使っている水飲み場は、フェンスを出て校舎へ向かって歩く途中にある。黙り込んでいた昴が、グラウンドのみんなの姿が見えなくなってから、重たい口を開いた。

「千里——。また頭を打ったんじゃないか？　本当にもう、心配させるな。千里に何かあったら、俺……っ、どうしていいか分からない」

昴が感極まったように言葉を詰まらせて、おんぶをしている千里の体を揺すった。

ぐしゃぐしゃに髪が乱れた千里の後頭部には、昴をいつまでも苦しめている、事故のケガの痕《あと》がある。このまま腫れ物に触るみたいに、昴に気を遣われて、ただ大事にされるのは嫌だ。今のままでは、千里は本当に、昴のハンデになってしまう。

「千里、後で病院に行った方がいい。頭を検査してもらおう」

「俺のケガは、もう治ってるよ。ヘディングができるくらい頑丈だ」

「俺の言うことを聞いてくれ、千里。頼むから」

「昴。昴が俺の事故のことを、ずっと自分のせいにしてたって、知ってるよ。もう大丈夫だから、自分のことを許してあげて。昴は何も悪くない」

「……千里……」

「俺、あの日は昴に、自分の気持ちを告げたくて、昴の家に行こうとしてた。偶然事故に遭って、意識不明の間も、ずっと昴のことを想《おも》ってたんだ。生きて、昴にもう一度会いたいって願ったから、奇跡が起きた。昴が俺を助けてくれたんだよ」

生きているのも、ちびとして暮らした十日間も、人間に戻れたのも、そして今、昴と話をしているのも、全部奇跡。昴を想うことで生まれた奇跡だ。

かけがえのない昴を、千里はぎゅっと抱き締めて、祈るように瞼《まぶた》を閉じた。伝えたいことはたくさんあっても、譲れないものは、たった一つ、昴への想いだけ。

「ありがとう。昴。大好き」

「千里、俺も、千里のことが好きだ。——お前のことだけ、大好きだ」

昴は立ち止まって、顔だけを千里の方に向けた。

水飲み場までの数十メートルの距離には、二人しかいない。頬と頬を擦り寄せ合っても、二人だけの秘密にできる。

「千里。俺のことを、許してくれてありがとう。俺、今、千里とすごくキスしたい」

「俺も……っ。昴とキスしたい。昨夜眠れなかった分も、いっぱい」

「千里も、そうか。眠れなかったのか」

「うん。昴も――？」

こく、と頷いた昴が、顔を赤くしている。千里も知らない間に赤くなっていた。

「一晩中、我慢してた。笑っちゃうだろ。千里の体が心配なのに、千里にキスして、めちゃくちゃにしたいって考えてた」

「昴、それって、恋人がすること？　えっちな、こと？」

「……うん。ごめん。女の子にするようなことを、千里としたいんだ」

恥ずかしそうに打ち明けてくれた昴の服を、千里は背中の上で、強く握り締めた。

昨夜千里は、自分の体が昴を欲しがっていることを知った。眠ったふりをした一夜、同じように体を熱くしていた昴のことが、いとおしくてたまらない。

「しようよ、昴」

「千里」

「俺は昴とサッカーができたんだ。怖いものなんか何もない」

「いいのか。歯止めが利かなくなって、千里を泣かせるかもしれないぞ」

「いいよ。俺のこと、めちゃくちゃにしていいのは、昴だけだ。昴。昴の家に帰ろう。俺ももう、我慢できない。俺の恋人になって――」

「親友じゃなくなった時から、俺たちはずっと恋人だよ」

千里のこめかみに、昴は唇を寄せて、そう囁いた。震えているその唇を奪って、何度も、何度もキスがしたい。二人で家に帰るまで、千里も昴も、お預けはできそうになかった。


「……は……っ、ん、……んんっ」

重ね合せた唇から、甘い息が漏れる。どちらのものか分からないそれが、シャワーを浴びたばかりの火照った肌を掠《かす》めた。

西日が射してきた部屋は、エアコンをかけていても暑くて、体に汗が浮いてくる。でも、抱き締め合うのをやめられなくて、千里と昴は汗を溶かしながら、キスを続けた。

「んう、ん、……は…ぅ……、ん」

「ん……っ、千里」

母校のグラウンドから帰宅した昴は、泥だらけになった千里の体を、バスルームで綺麗に洗い流してくれた。

シャワーの下で裸を見せ合うのは、照れくさくて、恥ずかしい。ボディソープで互いを洗いっこするのが、まるで恋人になるための儀式のようだった。

「昴、昴……っ、息継ぎ、うまくできない」

バスルームで交わしたキスの続きは、二階の昴の部屋へ上がった時から、もっと濃密になった。本能に任せて、唇も、舌も、頬の内側も、不器用に奪い合う。

「俺も。がっついてるみたいで、ごめんな」

「……ううん、俺も、一緒だから……っ。んっ、ん……っ……、すば、る」

「千里――」

昴の部屋のベッドが、二人分の体重を受け止めて、脚を軋《きし》ませている。抱き締め合った二人の間で、バスタオルは皺《しわ》くちゃになり、裸を隠す役目を失った。

「もっと千里のいろんなところに、キスしてもいい？」

「う、ん。いい、よ。俺もしたい」

昴の下で、ベッドに深く埋もれながら、千里は逞《たくま》しい彼の首に顔を擦り寄せた。

無防備で柔らかい首の付け根に、じゃれ付くようなキスをする。同じところに唇を埋められ、胸を柔らかく撫で回されて、千里は息を詰めた。

「ふ、う…っ。おっぱい、ないのに……」

「小さいのがついてる」

ほんの飾りのような乳首を、昴は指先でくりくりと摩《さす》った。普段は碌《ろく》に意識もしないそこが、昴に触られると、じわじわ熱くなってくる。

「ここにもキスさせて」

指よりも柔らかな唇が、吐息とともに、千里の乳首を啄《ついば》む。やんわりと唇で挟んだと思ったら、次は舌で突ついてきて、ぴちゅっ、と彼は濡れた音を立てた。

「……あ……っ」

ぞくぞくするような漣《さざなみ》が、千里の全身に広がっていく。すると、昴は唇で甘嚙《あまが》みしながら、乳首の輪郭を浮き立たせて、舌を這わせた。

「んん――」

ちゅっ、ちゅくっ、止《や》まない水音が、千里をたまらなくいやらしい気持ちにさせる。でも、恥ずかしさの方が勝って、千里は声を震わせた。

「そんなとこ、吸っても、何も出ないよぅ……っ」

千里が音を上げても、唇と舌で乳首を転がすのを、昴はやめない。じんじんするのと、うずうずするのと、半々の感覚を味わわされた千里は、上半身を捩《よじ》って逃げようとした。

「あうぅ……っ、そこばっかり、いや――。何か変だよ……っ」

キスをされ続けた乳首は、いつの間にかぷっくりと腫《は》れて、赤くなっていた。怖い映画を見るように、薄目を開けて自分のそこを見つめていると、昴が尖《とが》らせた舌先で、つん、といじわるをする。

「……ふあ……っ、や――」

「びくん、ってなった。気持ちいい？　千里」

「わ、分かんない」

「――こうは？」

きゅうう、と二つの乳首を、同時に指で摘《つ》ままれる。千里は一瞬、目の前が真っ白になって、大きく背中を反らせた。

「それ、駄目……っ！　強くしたら、ああ……！」

のけ反ったまま、びくん、びくん、と体を跳ねさせる。

いったい何だろう。体の中で、小さな爆発が起こったみたいだった。白くなっていた視界に、昴の顔が大写しになって、千里はとうとう泣き言を呟《つぶや》いた。

「ス、ストップ。待って、昴」

「休む？　いいよ。ゆっくりしよう」

「――今の、すごかった。初めてだよ。目がちかちかしてる」

「嬉《うれ》しい。千里は感じてくれてるんだ」

「え……？」

「だって、千里、大きくなってる」

昂が、千里のお腹《なか》の下の方を見て、照れたように囁く。彼の視線の先を追った千里も、かっと顔じゅうを赤くした。

「う、うわ……、こんなに、俺……」

「さっきから、俺の腹に当たってた。全然気付いてない千里、かわいい」

「だって、む、胸だけでいっぱいいっぱいだったし……っ、昂がいじわるするから」

「千里の反応がかわいいからだよ。——ここも、触ってもいい……？」

「昂、嫌じゃない？　人のなんか」

「千里のだから、触りたい。もっと気持ちよくしてあげたい」

「昂——」

昂に熱っぽい瞳で見つめられると、千里はどきどきして、もう何をされてもいい気持ちになった。

自分の一番恥ずかしい場所を、人に触られたことは一度もない。昂の大きな手が、胸元からそっと滑り下りていくのを、千里は現実感を持てないままで眺めていた。

「……っ……」

下腹部の薄い茂みを持ち上げるように、自分のそこが、勃《た》っている。千里が昨夜必死で静めたはずの欲情を、す、と昴は指先で撫《な》でた。

「ひゃっ……！」

急に走った鮮明な感覚に、思わず声を上げる。自分の指よりも、昴が触ると、千里は敏感に反応した。

「少しずつ、触るよ。千里がびっくりしないように」

「……もうびっくりしてる……っ。ああ……、あっ。昴の指が、本当に触ってる……っ」

つつつ、優しく撫で下りる指の動きが、リアルに伝わってくる。繊細な皮膚で覆われたそこは、昴の指を嬉しがって、いっそう大きく、硬くなった。

「すごく感じやすいんだ。千里、どんどん大きくなるよ」

「せ、説明、いらないよ。昴、……昴……っ」

「嫌？　やめる？」

「——やめない。がんばる」

「がんばることじゃないけど」

「ううん。もっと、強くしてみて。昴、ぎゅって、して、みて」

「かわい過ぎるよ、千里。俺困る……っ」

苦しそうに耳元で囁きながら、昴は掌《てのひら》の中に、千里を包んだ。痛くない力加減で、ぎゅう、と握り込まれると、千里の先端に、水のように透明なものが滲《にじ》んだ。

「んあぁ……っ、すごく、気持ちいい。昴の手、あったかい」

「千里のここが、熱いから。俺の手にもうつったんだ」

ぎゅ、ぎゅ、優しく揉《も》まれて、先端からまた蜜《みつ》が零《こぼ》れ出す。昴がそれを、親指の腹で塗り拡《ひろ》げたから、千里はがくがくと震えて身悶《みもだ》えた。

「……んっ、んくっ、そこ、感じ過ぎる。あんまり、しないで」

腰の奥がひどく疼いて、またさっきのように暴発しそうになる。濡《ぬ》れた先端がこんなに弱いなんて、昴に弄《いじ》られるまで、知らなかった。

「たくさん濡れてきた。千里、自分で触る時は、どうしてるの？」

「聞く？　そういうこと……っ」

「聞く。俺のことを考えて、こんな風になったことある？」

「昴って、えっちだ。やらしい」

「千里、ごまかすなよ。——俺はあるよ。昨夜の他にも、千里を好きになってから、毎日だ」

「昴——」

「俺も恥ずかしいことを教えたから、千里も教えて」

「お…っ、俺も、……勃ってるの、昨夜は眠ったふりして隠してた。もう必死だったんだから」

「千里大好き」

くしゃくしゃな顔をして、昴は千里の唇を奪った。唇と唇をくっつける、昨日昴と交わしたあのキスだ。

かわいい、いとおしい昴。千里はもうたまらなくなって、昴のお腹の方へと右手を伸ばした。

(俺も、昴に触りたい)

昴の真似をして、彼の引き締まった腹筋を撫で摩る。ふと、掌を突き上げてきた硬い棒に、千里は驚いた。

「……え……っ?」

キスを解いて、おそるおそる手を動かす。昴のそこは、千里とは比べものにならないくらい大きかった。

「すごい、昴。もっと触ったら、これどうなるの——?」

「暴発しちゃうよ。ごめん、千里。好きな人に触られたら、俺もう、もたない」

「俺だって」

「千里、起きて」

昴は千里の体を引っ張り起こすと、ベッドに胡坐《あぐら》をかいた。眩暈《めまい》を覚えた千里を、膝《ひざ》の上に乗せて、猛《たけ》り切った自分たちの屹立《きつりつ》を摺《す》り合わせる。

「……ん……っ、また、えっちなことしてる……っ」

「一緒にしよう？　千里。ほら、こっち、両手を伸ばして」

「ああ……っ、昴のと俺の、溶けそうだよ」

四本の手が、揃って天を向いている屹立を包み込んだ。昴に導かれるまま、手を上下させると、ぐちゅん、と欲情を煽《あお》る音がする。

屹立の根元から先端を、何度も往復させながら、千里は今にも弾けそうな熱に翻弄《ほんろう》された。

昴も同じなのか、握り締めている彼の手の力が、どんどん強くなる。

「はっ…、は、……昴、きつい、もう、出ちゃう……っ」

「千里」

愛撫《あいぶ》の手を休めずに、唇を寄せてきた昴へと、千里も熱いキスで答えた。割り開かれた歯列の奥に、昴の舌先が伸びてくる。

深いキスが、欲望を弾けさせる後押しをして、二人を愛撫に夢中にさせた。放埒《ほうらつ》までの短い猶予を、へたくそに舌を絡めながら、一気に駆け抜ける。

「んくっ、んっ、ふ、すば、る」

「千里……っ」

「あうぅ…っ、んんっ、ん……！　んう……っ！」

千里の視界が、また真っ白に染まった。体の上も下も、ぐちゃぐちゃに溶かし合って、二人で果てる。屹立から迸《ほとばし》った二人分の蜜で、指の先まで汚しながら、千里は我を忘れた。

「……は……っ、はあ……っ、ああ――」

「千里、気持ちよかった……？」

「……うん……、すごく、よか、った。こんなの、初めて」

混ざり合った白い蜜が、手と手の間からとろりと垂れている。いった余韻で動けない千里を、昴は広い胸に凭《もた》れさせて、そっと手をどかした。

「ん……っ」

くすぐったがりの千里の腰を、蜜を纏《まと》ったままの彼の指先がなぞっていく。背中の方へと続いた白濁の軌跡は、小ぶりなお尻の際を辿って、その奥の秘密の場所へと行き着いた。

「昴…っ？　そ、そこは、汚いよ……っ？」

慌てる千里を見つめながら、昴は小さく窄《すぼ》まったそこに、指を這わせた。まるで蜜を塗り付けるような、くちっ、という音が、泣きたくなるほど恥ずかしい。

「や、やめ……、昴、昴……っ、そんなとこ、どうして」

「千里と繋がりたいんだ。千里のここに、俺のを、入れたい」

「入る――の？　繋がれたら、嬉しいけど。できるの？　俺たちに、本当に……っ？」

「――うん。千里と恋人になる方法、調べた」

「昴、ボストンまで行って何してんの」

「俺はドクター志望だから。ごめん。千里のことが好き過ぎて、自分が何言ってんのか分からない」

「バカ…っ、昴のバカ。俺までテンパっちゃうだろ……っ」

いとおしさと、恥ずかしさと、好奇心と、怖さと、いろいろな感情が混ざり合って、二人とも饒舌《じょうぜつ》になってしまう。昴の膝の上に乗ったまま、恋人になるという意味を、うまく働かない頭で考えた。

でも、昴の指が窄まりを愛撫するたび、そこが熱を孕《はら》んで、理性が飛びそうになる。恥ずかしさが薄れ、もっと強く弄ってほしいような、いけないい気持ちになってくる。

「も…、もっと、昴のしたいようにしていいよ。昴と恋人になる方法、俺も知りたい」

「でも、千里がつらい思いをするよ。すごく、痛いと思う」

千里に痛みを確かめさせるように、昴の指が、おずおずとそこに潜り込んで来た。窄まりを掻《か》き分け、千里の屹立からとめどなく溢《あふ》れ落ちている蜜を、粘膜の内側に塗り込めている。

「んっ、んうっ」

体の中を直《じか》に擦《こす》られる、ぞわりとした未知な感覚を、千里は息も絶え絶えで追った。昴以外の人なら、絶対に耐えられない。大好きな昴の指だから、千里の中が勝手に蠢《うごめ》いて、強く締め付けてしまう。

「千里、大丈夫……？」

「――平気」

「嘘だ。千里のここ、すごく狭いよ。痛いだろう？　もうやめる？」

「いやだ、続ける。お願い、昴」

「意地っ張り」

「ああ……っ！」

ぐちゅんっ、とひときわ大きな水音がして、昴の指が、付け根まで窄まりの奥に埋まった。関節の硬さや、指の長さ、小刻みに震えている動きまで、粘膜を伝わって千里の頭にびりびり響く。さっき果てたはずの千里の中心に、再び熱が点《とも》り、触ってもいないのにそこが膨らんでいく。

「……あっ……、あぁ……っ。昴……っ」

汗みずくの昴の首に、千里は両腕を絡ませて、儚《はかな》い声を上げた。痛みとは違う何かが、指に擦られたところから生まれている。千里の腰が無意識に動き出し、まるで催促をするように、がくん、がくん、と揺れた。

「千里、中が柔らかくなって、指が楽になってきた。千里も感じる？」

「分からない、けど、もっとしてほしい感じ――」

「俺ももっとしたい。千里と、一つになりたい」

息を乱した昴の願いが、千里の心臓を鷲《わし》摑《づか》みにする。千里が欲しい――昴が欲しい。自分だけのものにしたい。我《わ》が儘《まま》で正直な本能は、二人で一つ分だ。

昴の額、頬、鼻先、目の前にある彼の全部にキスをして、千里は言った。

「昴、一つに、なろ」

「千里――」

「ずっと前から、昴と恋人になりたかったんだ。だから、止めないで」

「千里、やっぱり千里は、誰よりもかわいい、俺の大好きな千里だ」

掠《かす》れた声で囁いて、昴も千里に、キスの雨をたくさん降らした。数え切れないほど唇を奪われている間に、千里の体は昴の膝から離され、後ろへと傾いでいく。

裸の千里を、ベッドにそっと横たえて、昴は慎重に指を引き抜いた。名残《なごり》惜しそうに震えた窄まりが、持ち上げられた千里の膝ごと、大きく開かされる。

「千里、息を吐いて。俺の背中に、ずっとしがみ付いてろ」

「……うん……っ。昴となら、怖くないよ」

「俺も、怖くない。千里、好きだ……っ」

昴の想いが、熱くて硬い塊《かたまり》になって、千里のそこに押し当てられた。ぐっ、と体重をかけ、新たな痛みを与えながら、千里の中に昴が入ってくる。

「……あぁあ……っ、あ――！」

「千里」

「昴……っ！」

千里が怖がらないように、昴はずっと抱き締めてくれていた。一つになるための痛みが、昴が腰を進めるたびに強くなる。でも、つらくも苦しくもなかった。

「昴、俺、昴の、恋人」

「うん、千里」

「……やった……っ」

嬉しくて、嬉しくて、鼻の奥がつんとなる。視界を潤ませていく涙が、痛いからなのか、幸せだからなのか分からない。

千里のこめかみに伝った涙を、昴が優しいキスで吸い取ってくれる。いとおしさも涙と一緒に溢れて、ずっとこのまま、昴と離れたくなくなった。

「千里……っ」

吐息の混じった呼び声とともに、昴は千里の深い場所を突いた。もうその先へは行けないところまで、一気に貫く。力強い手に腰を抱かれた千里は、激しい昴のやり方に、びくんっ、と全身を波打たせた。

「ああぅ……っ！　んん……っ」

「動くよ、千里。我慢できない」

「う…っ、うん……っ、昴」

「千里をめちゃくちゃにしたい――」

して、と千里が答えるよりも早く、昴は律動を開始した。昴の形を覚えた千里の中が、擦り立てられた熱で溶け崩れる。とろとろにぬかるんだそこを、突き入れては戻し、また突いて、昴は千里を翻弄した。

「あっ、あっ、ん、く、あぁっ、んっ、あ、あっ、はっ」

昴が動くたび、千里の唇から、短い声が漏れ出す。壊れたおもちゃのように響くそれを、千里は口を噤《つぐ》んで隠そうとした。

「ふっ、んっ、んんっ、う、んっ、あぅっ」

体の中で、マグマのように熱が沸騰している。痛みさえも焼き尽くして、性急に湧《わ》き上がってくる射精感に、千里は惑った。

自分で自分をコントロールできない。本当に昴にめちゃくちゃにされて、蕩《とろ》けてなくなってしまいそう。息を弾ませている千里を見下ろしながら、昴は隙間《すきま》もないほど顔を近付けてきて、両手で頬を包んだ。

「千里の声、聞きたい。俺だけが聞いていい声だから」

「……昴……」

「俺のことをいっぱい呼んで、一緒にいこう。千里、好きだよ」

「俺も……っ、昴のことが好き……。昴は、俺のものだよ」

千里は昴の唇を塞《ふさ》いで、彼の声ごとキスを奪い取った。

ずっと昴と繋がっていたい。このまま一つになっていたい。どちらからともなく舌を絡め、求め合って、怒濤《どとう》のように繰り返す律動の虜《とりこ》になっていく。

「は…っ、ああっ、あ、んっ、んんっ」

指では届かなかった最奥に、欲しかった昴の熱い切っ先を感じて、千里はキスさえできなくなった。腰をせり上げ、昴と同じように硬く育った屹立を、彼のお腹に擦り付ける。

「あぁっ、昴、も…っ、もう……、俺、もうだめ……っ」

「千里、――千里」

「いく……っ、ああ……、昴……っ……！」

がくん、がくん、と、中空へ投げ出される感覚とともに、千里は二度目の熱情を解き放った。戦慄く千里の体内に、昴も同じだけの想いを放っている。

親友だった二人が、恋人になれた証《あかし》に、千里は昴と抱き締め合って、もう一度キスを交わした。大好き、と、囁きながら。

●

●

昴の足元に擦り寄ったちびが、にゃうん、と寂しそうに鳴いた。昴とさよならをするのが分かっているのか、彼がお土産にくれたアメリカのキャットフードも食べないで、ずっとそばを離れようとしない。

「ごめんな、ちび。向こうの大学が始まるから、もう帰らないと。また顔を見に来るよ」

よしよし、と昴が首と顎の境目を撫でてやると、ちびはもっとしてほしそうな顔をして、黄色い瞳を瞬かせた。

五ヶ月前の青かった瞳は、キトンブルーという子猫の間だけの瞳らしい。もったいない気もするけれど、大人になっていくちびを見るのは、千里も昴も楽しみだった。

「それじゃ、飛行機の時間があるので、もう出ます。おじさん、おばさん、いろいろお世話になりました。ありがとうございました」

「気を付けて帰るんだよ。こちらこそ、遊びに来てくれてありがとう」

「こっちへ帰省した時は、また寄ってちょうだい。昴くんのお父さんとお母さんに、くれぐれもよろしくって伝えておいてね」

「はい、伝えておきます。――ばいばい、ちび。またな」

別れ際に、ちびをもう一撫でして、昴は重たいスーツケースのハンドルを握った。

家の玄関を一歩出ると、今日も強い陽射《ひざ》しが照りつけている。がらごろスーツケースのキャスターを転がす昴と、最寄駅までの短い道のりを、並んで歩いた。

「見送り、本当に駅まででいいの？　空港まで一緒に行くのに」

「ううん。千里を空港まで連れて行ったら、そのまま飛行機に乗せて、ボストンまで誘拐したくなるから」

「……俺は大歓迎だけど」

たった一週間の昴との休日は、びっくりするほど早く終わってしまった。ボストンへついて行くことも、昴をここへ引き止めることもできない。千里はジーンズのポケットの中に入れた手を握り締めて、せめて笑顔でいようと、寂しさを我慢した。

「千里。千里も大学が始まるだろ？　また遠く離れちゃうけど、電話もメールもする。だから、寂しくないよ」

「うん。そういうことにしといてあげる。向こうに着いたら、すぐ連絡して」

「分かった」

会話を少し交わしている間に、もう前方に駅のロータリーが見えてくる。千里はポケットから手を出して、これから長いフライトが待っている昴へと、プレゼントを渡した。

「昴。これ、お守り」

「え？」

「俺の制服のボタン。昴のネクタイと交換するって、約束してたろ」

「ありがとう、千里。大事にする」

掌にそっとのせたボタンを、昴は嬉しそうに見つめた。

「じゃあ、行ってくるな」

「うん。――昴、行ってらっしゃい」

事故でぼろぼろになった千里の制服のボタンで、唯一無傷だったそれ。旅のお守りに、最もふさわしいものだ。

やっと叶った鶯凛高校の卒業式のジンクスは、千里と昴を繋いで、これからも二人を見守り続けるだろう。

END

あとがき

こんにちは。または初めまして。御堂なな子です。このたびは『片想いの子猫』をお手に取っていただきまして、ありがとうございます。

以前、「他人の左手の小指の赤い糸が見える」高校生のお話を書きましたが、今作は「瀕死の事故に遭って意識が子猫の中に入っちゃった」高校生が登場します。久しぶりにピュアな人たちのピュアな掛け合いが書けて、とても楽しかったです！

今作の執筆中ほど、ネットで猫動画を見続けたことはありません。普段あまり猫を観察することがなかったので、最初の頃は勉強のつもりで見ていたんですが、すっかりハマってしまいました。癒されるけど、時間を忘れて夢中になってしまうのが欠点です。

子猫の千里を描写するべく、今回は擬音語と擬態語をなるべくたくさん使ってみました。たしたし、とか、とととっ、とか、かわいい姿を想像していただけると嬉しいです。ですが主人公なのに本編のほとんどが猫姿って、ボーイズラブ的に大丈夫でしょうか……？　昴の方も千里の事故の罪悪感を長く抱えたままだったので、後日談の短編で、晴れて両想いになった二人を書くことができて、ほっとしました。ちびを含めて、これからもみんなでラブラブもふもふしていてほしいです。

猫感いっぱいの今作に、キュートなイラストを提供してくださった、六芦かえで先生。このたびは多大なお力添えをいただきまして、ありがとうございました。カバー折り返しのコメントでかわいいと言っていただけて光栄です。小説の百倍かわいい二人とちびを描いてくださって、本当にありがとうございました！

いつもお世話になっている担当様。チャレンジャーなプロットを通していただいてすみません……。先日自宅の玄関前で、とても美人なキジ柄の野良猫に懐かれて、写真を撮っておけばよかったと悔やんでいます。今度また会えたら、写真部の千里のようにうまく撮ってお送りしますね（笑）

えいえんのましょうのこねこYちゃん。あなたはいつも私の癒しの存在ですが、この本こそは、あなたの癒しに役立つと確信しています。それから、家族。今までいろんな動物を飼ってきたのに、何故か猫だけは、我が家は未経験ですね。いつも遠くから見守ってくださっているみなさん、今回も楽しんでいただけていたら嬉しいです。

最後になりましたが、読者の皆様、ここまでお付き合いくださってありがとうございました。読書好きの皆様のお心に、今回の不思議なお話が少しでも残ることができれば幸いです。

それでは、また次のお話でお目にかかれることを祈っております。

御堂なな子

✦初出　片想いの子猫……………書き下ろし
両想いの子猫……………書き下ろし

御堂なな子先生、六芦かえで先生へのお便り、本作品に関するご意見、ご感想などは
〒151-0051 東京都渋谷区千駄ヶ谷 4-9-7
幻冬舎コミックス　ルチル文庫「片想いの子猫」係まで。

幻冬舎ルチル文庫

片想いの子猫

2015年10月20日　　第1刷発行

✦著者	御堂なな子　みどう ななこ
✦発行人	石原正康
✦発行元	株式会社 幻冬舎コミックス 〒151-0051 東京都渋谷区千駄ヶ谷 4-9-7 電話 03(5411)6431［編集］
✦発売元	株式会社 幻冬舎 〒151-0051 東京都渋谷区千駄ヶ谷 4-9-7 電話 03(5411)6222［営業］ 振替 00120-8-767643
✦印刷・製本所	中央精版印刷株式会社

✦検印廃止

ISBN978-4-344-83557-3　C0193　Printed in Japan